LA FEMME DU BOULANGER

*

MERLUSSE

MARCEL PAGNOL
de l'Académie française

LA FEMME DU BOULANGER

Film réalisé en 1938

d'après le conte de Jean Giono
Jean le Bleu

*

MERLUSSE

Film réalisé en 1935

FRANCE LOISIRS
123, boulevard de Grenelle, Paris

Édition du Club France Loisirs, Paris,
avec l'autorisation des Éditions de Fallois

ISBN 2-7242-5018-4

LA FEMME DU BOULANGER

Film réalisé en 1938

PRÉFACE

Le boulanger Amable

Dans un petit village perdu des collines, le boulanger s'appelait Amable. C'était un petit homme brun, serviable, mais taciturne. Il n'avait pas de femme ; une bonne vieille du voisinage venait chaque matin s'installer dans la boutique pour surveiller la vente du pain : car les clients se servaient eux-mêmes, après avoir marqué, sur une baguette de bois, autant d'entailles qu'ils avaient pris de pains.

Amable connaissait bien son métier, et il le faisait avec amour. A partir de minuit, la petite fenêtre du fournil brillait d'une lumière jaune, qui dessinait, sur les vitres sales, les dentelles d'une araignée morte. A partir de cinq heures, les grandes miches craquaient doucement en se refroidissant dans les corbeilles... Et le dimanche matin, sur la grande table, une montagne de croissants dorés éclairait toute la boutique.

De temps à autre, Amable descendait en ville, car la chair est forte, et c'est de là que vint tout le mal.

Un soir, deux jours après Noël, deux gendarmes débonnaires le ramenèrent au village ; ils l'avaient trouvé endormi dans un fossé, auprès de sa voiture naufragée ; il était horrible-

ment ivre et, aux paysans accourus qui proposaient divers remèdes, il répondait en ricanant :

« La peau de mes fesses en sauce piquante !... »

On le coucha, et les gendarmes le bordèrent dans son lit. L'instituteur déclara que ce n'était qu'un accident mais, le lendemain, il n'y eut pas de pain avant midi.

Deux jours plus tard, le gérant du Cercle Républicain *révéla qu'il avait bu quatre pastis et qu'il avait emporté la bouteille chez lui. Puis il acheta au Papet des Bouscarles une grande barrique de vin et un petit fût de marc, en disant qu'il allait faire des raisins à l'eau-de-vie. Mais il n'acheta pas de raisins, et ce fut le commencement du désastre...*

Comme il n'avait plus la force de pétrir longtemps, les miches devinrent lourdes, plates, compactes. Parfois, blanchâtres et molles ; d'autres fois, dures et brûlées... Enfin, une nuit, gorgé de pastis, il tomba dans son pétrin et s'y endormit.

On eut tout de même du pain. Il avait le goût de l'anis, et les enfants se régalèrent, mais l'instituteur et le curé, qui ne s'étaient jamais encore parlé, réunirent une conférence de notables qui décida qu'il fallait sauver Amable et surtout le pain quotidien.

On commença par les homélies du curé, soutenues par les démonstrations de l'instituteur. Ce laïque avait fait venir de Marseille des affiches de la Ligue antialcoolique. Foie d'un homme sain — Foie alcoolique ; Pancréas normal — Pancréas alcoolique. Ces images étaient en couleurs. Couleurs tendres et appétissantes pour les organes vertueux ; pour les autres, épouvantables.

Mais, à la vue des foies en mie de pain rougeâtre ou des pancréas en forme de topinambours, le farineux pochard éclatait de rire et courait à la barrique se tirer un grand verre de vin.

Cette ivresse continue agissait sur sa santé et le pauvre Amable se délabrait de jour en jour. L'œil étincelant, mais creux, la perruque en désordre, il pétrissait encore, il cuisait des pains en forme de pigeons volants ou de cochons. Un jour même, il fit une fournée obscène, si parfaitement réussie que M. le curé, armé d'un grand couteau, vint découper ces pains en tranches innocentes, avant de les laisser partir vers les tables de famille.

Le conseil municipal prit alors la décision d'employer les grands moyens.

Amable arrivait à la fin de ses provisions ; les deux bistrots et le gérant du Cercle *jurèrent de ne plus lui donner à boire, et ceux qui avaient du vin dans leur cave firent le même serment.*

Le boulanger se fâcha tout rouge et menaça de fermer sa boutique pour toujours. On lui répondit : « Ça nous ferait grand plaisir, parce que, si tu pars, il viendra un autre boulanger ! »

Le lendemain, de bonne heure, on l'entendit mettre en marche sa vieille cinq-chevaux Peugeot. L'instituteur s'approcha, poli : « Où donc allez-vous, Amable ? » Pour toute réponse, il tourna si violemment la manivelle que l'antique tacot fit un bond vertical de vingt centimètres et se mit à pétarader éperdument. Dans un nuage de fumée et de poussière, au son de sa tressautante ferraille, le boulanger disparut.

Il était allé vers la ville, et les langues marchaient bon train. Tout le monde disait qu'il ne reviendrait pas.

Armandin (de Nathalie) partit avec la charrette et le mulet pour aller chercher du pain à Aubagne, et le maire, Célestin (des Baumettes), annonça qu'il allait écrire au préfet pour lui demander l'envoi d'une boulangerie militaire, en attendant l'arrivée du nouveau boulanger.

Vers six heures du soir — un beau soir d'été, il y avait une grande partie de boules sur la place —, M. le curé et M. l'insti-

tuteur, réconciliés par l'inquiétude commune, jouaient ensemble contre le Boiteux, des Durbec, et Martelette, le maçon, qui leur donnaient bien du fil à retordre. Mais pendant que Casimir mesurait un point, dans un grand silence attentif, on entendit une lointaine fusillade, puis on vit déboucher, au dernier lacet de la route, la voiture du boulanger.

On comprit tout de suite, aux zigzags du véhicule, qu'il était allé en ville pour faire le plein.

Comme il arrivait sur la place, le maire et le garde champêtre s'élancèrent à sa rencontre et lui intimèrent l'ordre de s'arrêter, pour éviter des accidents dans le village. Il répondit gravement : « La peau de mes fesses en sauce piquante ! » et voulut forcer le barrage, mais quatre joyeux gaillards, soulevant aisément l'arrière du véhicule, l'immobilisèrent, pendant que le garde coupait le contact et que le boulanger criait : « Au voleur ! »

On le tira de sa voiture, comme un escargot de sa coquille. M. le curé lui parlait avec une grande bonté.

— Mon ami, disait-il, il est absurde de supposer que M. le maire ait l'intention de vous voler quoi que ce soit !

— On te ramène chez toi, disait le maire, c'est pour te rendre service !

— Avouez, disait M. le curé, que vous n'êtes guère en état de diriger cette machine.

— La peau de mes fesses en sauce piquante ! disait le boulanger.

— Voilà des paroles inutiles, disait M. le curé. Elles sont le produit d'un état maladif. Comment pouvez-vous, de gaieté de cœur, vous jeter constamment dans la maladie ? Est-ce l'acte d'une créature raisonnable, d'une créature de Dieu ?

— La peau de mes fesses en sauce piquante ! disait fermement le boulanger.

Le cortège rejoignit la voiture que le garde avait amenée à la boulangerie. Amable repoussa ses soutiens et, soulevant la bâche du véhicule, voulut en retirer deux caisses, qu'il n'eut pas la force de soulever.

Charitablement, le menuisier et le forgeron en prirent une chacun et les déposèrent sur le comptoir de la boulangerie. Mais, quand la première toucha le marbre, on entendit un son cristallin, comme un tintement de bouteilles.

— Malheureux ! s'écria M. le maire, il a rapporté deux caisses de vin ! Emportez ça tout de suite !...

Mais le boulanger avait bondi comme un tigre et brandissait le coutelas qui sert à couper la tranche pour faire le poids. Les yeux exorbités, la bouche baveuse, il hurla :

— Le premier qui s'approche, je le crève !...

Tout le monde, discrètement, fit un pas en arrière.

— ... Et puis, qu'est-ce que vous faites dans ma boutique ? Ici, je suis chez moi ! Sortez, ou je fais un malheur !

Le garde, qui était pourtant courageux, et M. le curé, qui n'était pas pressé d'entrer en paradis, furent les premiers dehors.

— Il est dans son droit, dit le garde. On n'y peut rien. Il est chez lui.

Le maire essaya de discuter. Mais le boulanger agitait son coutelas de façon si menaçante qu'il fallut battre en retraite : tout le monde se retrouva dans la rue, tandis qu'Amable refermait à grand bruit les volets de son magasin.

Cependant, M. le curé, qui croyait à la puissance du Verbe, parlait toujours d'une voix forte. Il vantait les vertus de l'eau claire, la noblesse du travail, tandis que le maire haussait tristement les épaules et que l'instituteur, pris d'un fou rire inexplicable, poussait de petits cris et versait des larmes, en se tenant le ventre à deux mains.

Enfin on entendit, à travers la porte, la réponse du boulanger. Amable criait :

— Celui qui a dit que c'était du vin, c'est un imbécile,

parce que le vin, je n'en sens plus le goût. J'ai apporté cinquante bouteilles ! C'est du rhum, c'est de la fine, c'est de la gnôle, c'est du tord-boyaux... c'est du marc, c'est de la blanche... c'est de l'alcool !...

La foule, consternée, se taisait. On entendit le « cloc » d'une bouteille qu'on débouche, puis des gémissements de volupté. Puis, on n'entendit plus rien.

— Et notre pain, dit tristement M. le curé.

— Pour notre pain, dit M. le maire, ce sera la peau de mes fesses à la sauce piquante !...

Le lendemain, la boutique resta fermée, mais on put voir, par la fenêtre ouverte, les exercices du boulanger : la nuque renversée, son bras levé tenant une bouteille dont le cul regardait le plafond, il pompait à grands coups de glotte le « rhum fantaisie », ou le kirsch frelaté à l'acide prussique.

Comme il buvait chaque fois qu'on le regardait et que ces libations étaient suivies d'un flot de paroles ordurières, le maire posta le garde devant la boulangerie pour chasser les enfants que passionnait ce guignol d'un nouveau genre, et qui ne voulaient plus aller à l'école.

L'après-midi, il se mit à chanter des chansons de régiment. En passant devant la fenêtre, les vieilles dévotes se bouchaient les oreilles, puis elles faisaient un signe de croix : ce geste pieux, en libérant un instant l'oreille droite, leur permettait d'attraper au vol quelques nouvelles de l'artilleur de Nancy ou du vénérable Père Dupanloup.

Ce soir-là, au Cercle, *il y eut une réunion générale. On y fit des plans pour l'ouverture d'une nouvelle boulangerie, on reparla de M. le préfet.*

— Mes amis, conclut le maire, je me charge de régler tout ça d'ici une quinzaine, mais pas avant, parce que les formalités, c'est toujours long. Pendant ce temps, il faudra que notre

ami Justin continue à se dévouer. La mairie lui donnera une indemnité de dix francs par jour pour aller chercher notre pain à Aubagne.

— Jamais de la vie, dit Justin. Je l'ai fait quatre fois, mais j'en ai assez... D'abord, il y a six heures de route et par des chemins que vous connaissez. Ça crève ma mule. Et puis, mes amandes sont mûres, et il faut que j'aille les « acanner ». Moi j'ai fait mon tour. A un autre !

— Il a raison, dit le maire. Heureusement, nous avons Baptistin.

Mais Baptistin ne voulut rien entendre, puis Clovis et Martial, des Busines, se récusèrent à leur tour. Le maire parla de réquisition et le ton commençait à monter, lorsque parut M. Salignac. C'était un retraité de la mairie et on l'appelait le capitaine parce qu'il avait été barman pendant vingt ans à la Transat. Il avait une petite maison au village, et, au moment de la chasse, il venait y passer deux ou trois mois.

Comme on lui expliquait la catastrophe, il sourit d'un air supérieur :

— Je sais, dit-il. Je connais votre affaire, car le boulanger d'Aubagne m'en a parlé. Mais j'ai apporté ce qu'il faut.

Il tira de sa poche un petit paquet très bien ficelé.

— Voici, dit-il, un remède anglais qui guérit radicalement les ivrognes. Un lord, à qui un grand médecin l'avait ordonné, l'acheta à prix d'or. Puis, au moment de le prendre, il préféra m'en faire cadeau. Nous allons guérir notre boulanger avec le traitement d'un duc et pair.

M. Salignac déchira le papier et ouvrit la boîte. Autour d'un joli petit flacon, une notice explicative était enroulée. Par malheur, c'était de l'anglais. On courut chercher au presbytère le petit dictionnaire d'Elwall qui avait la forme et la taille d'un pavé. Puis, M. le curé, M. l'instituteur et M. Salignac mirent en commun leurs souvenirs du séminaire, de l'École normale et du Liberty-bar. Le résultat de leur décryptement fut tout à fait clair et précis, sauf deux ou trois mots très savants, qu'ils purent traduire, mais sans en comprendre le sens. L'instituteur fut d'avis que ces mots ne faisaient là qu'une figuration honorifique et qu'il était inutile d'en tenir compte.

La servante de l'auberge savait gratter la mandoline. On lui mit cet instrument sous le bras droit, une bouteille de pernod sous le bras gauche ; et elle partit dans la nuit et s'installa sur le banc de pierre, sous la fenêtre du boulanger.

Les paysans furent priés de s'enfermer chez eux afin de lui laisser le champ libre, tandis que l'état-major du village, caché derrière les troncs des platanes, surveillait l'opération.

La servante chanta O sole mio, *en italien, d'une voix dont la fraîcheur surprit tout le monde. Les deux premiers couplets ne firent aucun effet, si ce n'est sur M. le curé qui découvrit une soliste. Mais à la fin du troisième, sur une note longuement caressée, la fenêtre s'ouvrit et une sorte de Pierrot parut dans le clair de lune. Elle lui montra la bouteille de pastis qu'elle prétendit avoir volée à son patron. Le pochard, attendri, finit par descendre, un grand verre dans chaque main.*

A deux pas était la fontaine. Ils y composèrent le breuvage magique : la fille réussit à verser dans le verre du pochard enamouré un bon trait du « remède ». Puis ils burent longuement, et tendrement. Puis la servante chanta une berceuse napolitaine pendant que le boulanger pétrissait gaillardement son corsage. Il voulut ensuite pousser plus loin son avantage, et M. le curé avait déjà fait deux pas vers le presbytère, lorsque le boulanger se leva brusquement et regarda autour de lui, comme frappé de stupeur. Ses narines se pincèrent, son menton verdit, sa moustache trembla... Puis, avec un faible mugissement, il pivota sur lui-même et s'enfuit dans sa chambre en se tenant le ventre à deux mains.

La servante, assez fière de son exploit, mais un peu effrayée par la brutalité de son succès, se replia vers l'état-major, et, montrant la fiole à peu près vide, elle dit :

— Je lui en ai collé une bonne lampée.

— On vous avait dit cinquante gouttes, murmura l'instituteur.

— C'était pas facile de les compter, dit la servante.

Debout tous les trois sur le parapet pour se rapprocher du quinquet, M. le curé, M. Salignac et l'instituteur, gagnés par l'inquiétude, relurent encore une fois le traitement du lord, et s'aperçurent avec horreur que les doses étaient indiquées en « grains » et non en grammes...

— Voilà, dit l'instituteur, une conséquence de la stupidité des Anglais qui repoussent notre système métrique. Ils ont peut-être tué ce malheureux !

Le fossoyeur, qui était aussi sacristain, s'approcha de M. le curé et chuchota :

— Si j'allais chercher les Saintes Huiles ?

Mais tout à coup, au premier étage, le boulanger ouvrit la fenêtre. Il était secoué par des spasmes si terribles que la fenêtre finit par le vomir lui-même et il tomba dans les bras du fossoyeur qui le laissa choir et courut se cacher, une main sur la bouche, derrière un platane.

Le forgeron et le menuisier ramassèrent Amable et le portèrent en courant à la fontaine. Là, ils le trempèrent dans l'eau glacée, « pour lui faire du bien ». L'instituteur et le curé l'arrachèrent à ces brutes serviables et rapportèrent vers la boulangerie un corps sans âme, à la face blême et qui, au milieu du parcours, parut revenir à la vie pour rendre son dernier soupir.

Quelqu'un monta dans la chambre par une échelle et descendit par l'intérieur de la maison pour ouvrir la boutique.

On mit le pauvre Amable dans son lit, préalablement refait par sa fidèle servante. Il était là, la tête enfoncée dans l'oreil-

ler, ses narines pincées se dressaient vers le plafond. La fidèle servante balayait un monceau d'ordures.

M. l'instituteur, sur le réchaud à alcool, faisait des cataplasmes de farine de lin, M. le curé disait à voix basse des prières qui n'étaient pas encore celles des agonisants.

Amable fut soigné à « l'aigo boulido », qui est une sorte de tisane faite avec deux gousses d'ail bouillies dans de l'eau salée : il en but une quantité prodigieuse. Aux premières heures du matin, il ouvrit les yeux, et comme M. le curé lui demandait :

— Comment vous sentez-vous, maintenant ?

Il ébaucha un pâle sourire, et murmura :

— La peau de mes fesses à la sauce piquante...

Ce qui rassura tout le monde.

Lorsque l'instituteur et le curé, la mine défaite, se retirèrent au chant des coqs, la fidèle servante refusa de quitter son chevet.

Le lendemain, le gérant du Cercle *vint aux nouvelles. La boutique était fermée, les persiennes closes.*

Vers le soir, l'état-major se présenta, conduit par le capitaine, dont la responsabilité était gravement engagée.

Comme l'instituteur frappait aux volets avec son bâton, la fenêtre fut doucement entrebâillée, et le visage de la servante parut. Elle fit un petit sourire rassurant, mit un doigt sur ses lèvres et referma la persienne sans bruit.

Le surlendemain était un dimanche. Vers sept heures, Tonin amena sa mule à la fontaine. Pendant que la bête buvait gravement, il leva la tête. A la pointe de la cheminée du four, il vit comme un tremblement de l'air, puis une boule de fumée blanche, puis une longue volute bleue dont le vent du matin fit des guirlandes. Il reconnut l'odeur des fagots de pin et courut avertir tout le monde.

A midi, il y avait une vraie foule devant la boutique — au premier rang, les enfants. Tout ce monde parlait à voix basse, dans l'attente de l'événement.

C'est au second coup de midi que les volets s'ouvrirent brusquement. On vit Amable, en tenue blanche de mitron, les replier à droite, puis à gauche, dans leurs casiers. Il salua gauchement la compagnie, puis il fit entrer les enfants, que suivirent les grandes personnes. Sur la grande table du milieu, il y avait la montagne de croissants toute crénelée de brioches au sucre.

— Servez-vous, dit-il. Aujourd'hui, pour les enfants, c'est gratuit.

Mais ils n'osaient pas y toucher et ils regardaient en silence cet homme qu'ils ne connaissaient pas et qui était debout, les bras croisés, devant une muraille de pains : il y en avait jusqu'au plafond. Ces grosses miches, bien rangées, avaient l'air d'une fortification. Puis, au-dessous, les pains de fantaisie ; il y avait des longs, des doubles, des pains à têtes, qui sont faits de deux boules craquantes réunies par une taille fine ; il y avait des fougasses qui sont des espèces de grilles dorées, et de petites pompettes tendres pour le déjeuner du matin, avec un oignon et un anchois ; sur le comptoir, les pains « recuits », bruns comme des bohémiens, parce qu'ils passent deux fois au four : ils sont légers comme des biscottes, et c'est une gentillesse du boulanger, pour l'estomac fragile des bonnes vieilles et les mouillettes de M. le curé.

Tandis qu'on faisait les comptes de ces richesses, Casimir, le gérant du Cercle, *fendit la foule. Sa figure brillait de contentement, et il cria tout de suite :*

— Boulanger, à midi j'ai les chasseurs : il m'en faut trente livres !

Alors, le boulanger lui dit :

— Casimir, ça, c'est plus mon rayon. Moi, le pain, je vous le ferai toujours, mais pour le peser et le vendre...

Il s'arrêta brusquement et devint tout rouge, sous sa poudre de farine.

Tout le monde regarda vers le comptoir. Et, derrière la grosse balance qui brillait comme deux soleils, on vit une belle femme. Sous des bandeaux d'un noir bleuté, des joues pleines et pâles, des dents lumineuses, de grands yeux mouillés de tendresse. Et comme Casimir, les yeux écarquillés, venait de reconnaître la servante, le boulanger toussa deux fois pour s'éclaircir la gorge. Enfin, d'une voix fière et forte, il dit :

— Adressez-vous à la boulangère.

Ils se marièrent pour la fête des moissons, et ils furent heureux et considérés.

Jamais plus Amable ne but une goutte d'alcool. Et même le remède lui avait fait un effet si radical qu'il fallut déménager la cave de Papet, qui était juste en face, et que Casimir dut renoncer à servir le pastis du soir, à la terrasse, parce que, pendant la partie de pétanque, l'odeur de l'anis déréglait le tir du boulanger.

Mais il ne sut jamais qu'il devait son bonheur à l'insouciance d'un vieux lord, qui est sans doute mort de délirium tremens. *En effet, la veille des noces, la boulangère vint attendre l'instituteur devant l'école.*

— Il ne faudra jamais lui dire qu'on lui a donné ce remède. Ça lui ferait beaucoup de peine... Lui, il croit que ce qui l'a guéri... (elle baissa les yeux), c'est l'Amour.

— Il a raison, dit l'instituteur.

J'avais l'intention de tourner cette histoire, lorsqu'un jour, dans la N.R.F., je trouvai quelques pages de Giono, qui s'intitulaient « La Femme du boulanger ». J'étais dans un train qui venait de Belgique ; je lus trois fois ces quinze pages, avec une admiration grandissante. C'est aussi l'histoire d'un boulanger de village : mais ce n'était pas un pochard. C'était un pauvre homme habité par un grand amour et qui ne faisait plus de pain parce que sa femme était partie. La quête de la belle boulangère, par tous les hommes du village, c'était une Iliade rustique, un poème à la fois homérique et virgilien... Je décidai ce jour-là de renoncer à mon ivrogne guéri par l'amour et de réaliser le chef-d'œuvre de Jean Giono.

M. P.

Marcel Pagnol avait préparé, après la guerre, une adaptation théâtrale de son film, *La Femme du boulanger*, tiré d'une nouvelle de Giono.

Une troupe de jeunes comédiens monta, à Vendôme, cette pièce pour une seule représentation.

Il fallut attendre 1985 pour voir jouer de nouveau au théâtre *La Femme du boulanger* dans une mise en scène de Jérôme Savary, et avec dans le rôle du boulanger, rendu célèbre par Raimu, Galabru.

DISTRIBUTION

LE BOULANGER	*Raimu*
LA BOULANGÈRE	*Ginette Leclerc*
LE BERGER	*Charles Moulin*
LE MARQUIS	*Fernand Charpin*
LE CURÉ	*Robert Vattier*
L'INSTITUTEUR	*Robert Bassac*
MAILLEFER	*Delmont*
ANTONIN	*Blavette*
CASIMIR	*Dullac*
BARNABÉ	*Maupi*
PÉTUGUE	*Maffre*
ESPRIT	*Jean Castan*
CÉLESTE	*Alida Rouffe*
ANGÈLE	*Maximilienne Max*
MIETTE	*Odette Roger*
LE BOUCHER	*Charblay*
BARTHÉLEMY	*Michel*
DES MESSAGERS	*Marius Roux-Tyrand*
LE PAPET	*Gustave Merle*

Sur la place du village, c'est la sortie de l'école communale. Les enfants avancent en rangs jusqu'à la porte et tout à coup ils s'enfuient comme une volée de moineaux. M. l'Instituteur sort le dernier, et il ferme la porte derrière lui. Il est très jeune ; il doit sortir de l'École normale, et c'est certainement son premier poste. Il va vers la boîte aux lettres et, avec une clef, il l'ouvre. Il y prend « le Petit Provençal ». A ce moment-là, un paysan s'approche de lui et le salue.

LE PAYSAN

Bonjour, monsieur l'Instituteur.

L'INSTITUTEUR *(il brise la bande du journal)*

Bonjour, Pétugue. Ça va ?

PÉTUGUE *(timide)*

Très bien, monsieur l'Instituteur. Très bien. Je voulais vous demander un petit service.

L'INSTITUTEUR

Vas-y.

PÉTUGUE

Vous connaissez Casimir, le gérant du *Cercle*, qui a le bureau de tabac ?

L'INSTITUTEUR

Oui. Et puis ?

PÉTUGUE

Eh bien, il faudrait lui dire qu'il y a un chien mort dans son puits. Le puits du *Cercle*. C'est Cassoti qui l'a vu tomber dedans. Alors, si on ne le prévient pas, il va nous faire boire de cette eau le dimanche à l'apéritif. Il faut le lui dire...

L'INSTITUTEUR

Et pourquoi Cassoti ne l'a pas averti ?

PÉTUGUE *(mystérieux)*

Il ne peut pas. Ils sont fâchés. Ils se sont battus au régiment, il y a vingt ans. Alors, ils sont fâchés.

L'INSTITUTEUR

Pourtant il va boire l'apéritif au *Cercle ?*

PÉTUGUE

Oui, mais il ne lui parle jamais — il ne commande qu'à la bonne. Comme moi. Parce que moi aussi, je suis fâché avec Casimir.

L'INSTITUTEUR

Mais pourquoi ?

PÉTUGUE

Oh ! Ça vient de loin. Mon père était fâché avec son père. Et mon grand-père était déjà fâché avec son grand-père. Et déjà, nos grands-pères ne savaient pas pourquoi, parce que ça venait de plus loin. Alors, vous pensez que ça doit être quelque chose de grave. Ça doit être une bonne raison.

L'INSTITUTEUR

C'est vraiment un village de crétins.

PÉTUGUE

Mais non, monsieur l'Instituteur. C'est un village où on a de l'amour-propre, voilà tout.

L'INSTITUTEUR

Deux pelés et quatre tondus — et tous fâchés les uns contre les autres !

PÉTUGUE

On se rencontre quand même — au *Cercle* ou à la chorale, mais ceux qui sont fâchés ne se parlent pas.

L'INSTITUTEUR

Bon. J'avertirai Casimir. Mais je vais d'abord voir le pain du nouveau boulanger.

PÉTUGUE

Ah ! C'est ce matin qu'il commence ?

L'INSTITUTEUR

Oui. La première fournée doit sortir vers onze heures.

PÉTUGUE *(très intéressé)*

Té, je fais boire le mulet et j'y vais aussi.

L'INSTITUTEUR

Alors je préviens Casimir.

PÉTUGUE

Ne lui dites pas que c'est moi qui vous l'ai dit, on me jugerait mal, ça ferait parler.

Il s'en va. L'instituteur hausse les épaules et s'en va de son côté. Au détour d'une rue, il rencontre M. le Curé. L'instituteur détourne la tête. Le curé s'avance vers lui. C'est un très jeune prêtre, extrêmement distingué, qui porte des lunettes cerclées d'or.

LE CURÉ

Pardon, monsieur l'Instituteur, je désire vous dire deux mots si vous n'y voyez pas d'inconvénients.

L'INSTITUTEUR *(glacé)*

Je n'en vois aucun. Un chien regarde bien un évêque. M. le Curé peut donc parler à M. l'Instituteur.

LE CURÉ *(pincé)*

Malgré le ton désobligeant de votre réponse, les devoirs de ma charge m'obligent à continuer cette conversation.

L'INSTITUTEUR

Permettez. Vous dites que je vous ai parlé sur un ton désobligeant, et je reconnais que c'est vrai. Mais je tiens à vous rappeler qu'au moment où je suis arrivé ici, c'est-à-dire au début d'octobre, je vous ai rencontré deux fois le même jour. La première fois c'était le matin.

LE CURÉ

Sur la place de l'Église.

L'INSTITUTEUR

C'est exact. Je vous ai salué ; vous ne m'avez pas répondu. La deuxième fois, c'était...

LE CURÉ

A la terrasse du *Cercle*. Vous étiez assis devant un grand verre d'alcool.

L'INSTITUTEUR

Un modeste apéritif.

LE CURÉ

Si vous voulez, enfin, c'était de l'alcool.

L'INSTITUTEUR

Soit. Je vous ai encore salué, en ôtant mon chapeau.

LE CURÉ

C'était un chapeau melon.

L'INSTITUTEUR

C'est exact. Vous ne m'avez pas répondu. Pourquoi ?

LE CURÉ *(grave)*

Parce que je ne vous avais pas vu.

L'INSTITUTEUR

Quoi ?

LE CURÉ

Et je ne vous ai pas vu me saluer parce que je n'ai pas voulu vous voir.

L'INSTITUTEUR

Et pour quelle raison ? J'arrivais ici, vous ne m'aviez jamais vu. Je vous salue très poliment, vous détournez la tête. Vous m'avez donc fait un affront sans me connaître.

LE CURÉ *(avec un rire un peu méprisant)*

Oh ! monsieur, je vous connaissais !

L'INSTITUTEUR

Ah ? Vous aviez reçu une fiche de l'évêché ?

LE CURÉ

Oh ! pas du tout, monsieur... Monseigneur a des occupations et des travaux plus utiles et plus nobles que ceux qui consisteraient à remplir des fiches sur le caractère et les mœurs de chaque instituteur laïque. Ce serait d'ailleurs un très gros travail, et peu ragoûtant. Non, monsieur, je n'ai pas reçu votre fiche et je n'avais pas besoin de la recevoir, parce que vous la portiez sur vous.

L'INSTITUTEUR

J'ai une tête de scélérat ?

LE CURÉ

Ne me faites pas dire ce que je ne dis pas. Non, monsieur, non, vous n'avez pas absolument une tête de scélérat. Non. Et puis, même avec une tête de scélérat, un homme peut se racheter par la foi, et par la stricte observance des pratiques recommandées par notre sainte mère l'Église. Mais il ne s'agit pas de votre tête. Ce qui m'a permis de vous démasquer du premier coup, c'est le journal qui sortait de votre poche. C'était *le Petit Provençal. (Avec feu.)* Ne niez pas, monsieur, je l'ai vu. Vous lisez *le Petit Provençal.*

L'INSTITUTEUR *(calme et souriant)*

Mais oui, je lis *le Petit Provençal.* Je suis même abonné.

LE CURÉ

Abonné! C'est complet.

L'INSTITUTEUR

Vous ne voudriez pas que je lise *la Croix* ?

LE CURÉ *(avec force)*

Mais si, monsieur, je le voudrais ! Mais je vous estimerais bien davantage, monsieur, si vous lisiez *la Croix* ! Vous y trouveriez une morale autrement nourrissante, autrement succulente que les divagations fanatiques de journalistes sans Dieu.

L'INSTITUTEUR

C'est pour ça que vous m'avez arrêté ? Pour me placer un abonnement à *la Croix* ?

LE CURÉ

Non, monsieur. Je vous ai arrêté pour vous rappeler vos devoirs. Non pas envers vous-même — car vous me paraissez peu disposé à songer à votre salut éternel — mais vos devoirs envers vos élèves — ces enfants que le gouvernement vous a confiés — peut-être un peu imprudemment.

L'INSTITUTEUR

Il est certain que le vieillard que vous êtes peut donner des conseils au gamin que je suis.

LE CURÉ

En effet, monsieur. Quoique nous soyons à peu près du même âge, je crois que la méditation et l'élévation quotidienne de l'âme par la prière m'ont donné plus d'expérience de la vie que vous n'avez pu en apprendre dans vos manuels déchristianisés. Vous êtes, je crois, tout frais émoulu de l'École normale...

L'INSTITUTEUR

Vous êtes, je crois, tout récemment éclos du Grand Séminaire ?

LE CURÉ

Enfin, peu importe. Ce que j'ai à vous dire est très grave. Vous avez fait, l'autre jour — avant-hier exactement —, une leçon sur Jeanne d'Arc.

L'INSTITUTEUR

Eh oui, ce n'est pas que ce soit amusant, mais c'est dans le programme.

LE CURÉ *(sombre)*

Bien. A cette occasion, vous avez prononcé, devant des enfants, les phrases suivantes : « Jeanne d'Arc était une bergère de Domrémy. Un jour qu'elle gardait ses moutons, *elle crut entendre des voix.* » C'est bien ce que vous avez dit ?

L'INSTITUTEUR

C'est très exactement ce que j'ai dit.

LE CURÉ *(gravement)*

Songez-vous à la responsabilité que vous avez prise quand vous avez dit : « crut entendre » ?

L'INSTITUTEUR

Je songe que j'ai justement évité de prendre une responsabilité. J'ai dit que Jeanne d'Arc : « crut entendre des voix ». C'est-à-dire qu'en ce qui la concerne elle les entendait fort clairement — mais en ce qui me concerne, je n'en sais rien.

LE CURÉ

Comment, vous n'en savez rien ?

L'INSTITUTEUR

Ma foi, monsieur le Curé, je n'y étais pas.

LE CURÉ *(outré)*

Comment, vous n'y étiez pas ?

L'INSTITUTEUR

Et ma foi non. En 1431, je n'étais même pas né.

LE CURÉ

Oh ! n'essayez pas de vous en tirer par une pirouette.

Vous n'avez pas le droit de dire : « crut entendre ». Vous n'avez pas le droit de nier un fait historique. Vous devez dire : Jeanne d'Arc entendit des voix.

L'INSTITUTEUR

Mais dites donc, il est très dangereux d'affirmer des choses pareilles — même s'il s'agit d'un fait historique. Il me semble me rappeler que lorsque Jeanne d'Arc, devant un tribunal présidé par un évêque qui s'appelait Cauchon, déclara qu'elle avait entendu des voix, ce Cauchon-là la condamna à être brûlée vive — ce qui fut fait à Rouen, sur la place du Marché. — Et comme, malgré ses voix, elle était combustible, la pauvre bergère en mourut.

LE CURÉ

Réponse et langage bien dignes d'un abonné du *Petit Provençal*. Je vois, monsieur, que je n'ai rien à attendre d'un esprit aussi borné et aussi grossier que le vôtre. Je regrette d'avoir engagé une conversation inutile qui m'a révélé une profondeur de mauvaise foi que je n'aurais jamais osé imaginer.

L'INSTITUTEUR *(goguenard)*

En somme vous êtes furieux parce que j'ai parlé de Jeanne d'Arc, qui, selon vous, vous appartient. Mais vous-même, monsieur le Curé, il vous arrive de piétiner mes plates-bandes. Ainsi, vous avez dit aux enfants du catéchisme que je me trompais, et qu'en histoire naturelle il n'y avait pas trois règnes, qu'il y avait quatre règnes.

LE CURÉ

Mais parfaitement : le règne minéral, le règne végétal, le

règne animal et le règne humain, ce qui est scientifiquement démontré.

L'INSTITUTEUR

Il est scientifiquement démontré que le règne humain est une absurdité.

LE CURÉ

Vous vous considérez donc comme un animal ?

L'INSTITUTEUR

Sans aucun doute !

LE CURÉ

Je vous crois trop savant pour ne pas admettre qu'en ce qui vous concerne vous avez certainement raison. Permettez donc que je me retire sans vous saluer, car je ne salue pas les animaux...

Il s'éloigne.

L'INSTITUTEUR

Et vous, dites donc, qu'est-ce que vous croyez être, espèce de pregadiou ?

LE CURÉ

Vade retro, Satana !

L'INSTITUTEUR

Va te cacher, va, fondu !

Il hausse les épaules et s'en va de son côté.

DANS UNE RUE DU VILLAGE

Casimir, Barnabé et Antonin s'avancent en discutant.

ANTONIN

Mais ces trois ormes, ils ne te servent à rien ! Ils sont juste au bord de ton pré. Qu'est-ce que ça peut te faire de les tailler ? Au contraire : tu aurais du bois pour cet hiver.

BARNABÉ *(têtu)*

Ces arbres sont à moi. Je les taillerai si je veux. Tu ne vas quand même pas me forcer à couper mes arbres ! Des arbres qui sont chez moi.

ANTONIN

Les arbres sont chez toi, mais leur ombre est sur mon jardin ! Parfaitement ! Ils sont mal placés, tes arbres. Ils sont juste au midi de mon potager, ce qui fait que toute l'année, du matin au soir, cette ombre tombe sur mes légumes, et elle tourne comme une faux. Ils me mangent mon soleil, tes arbres. Et on n'a pas le droit de manger le soleil de personne.

CASIMIR

Il n'a pas tort. Écoute, Barnabé, ce n'est pas de ta faute. Mais, pour lui, tes ormeaux sont mal placés.

BARNABÉ

Mais c'est peut-être son jardin qui est mal placé ! Et si je me plaignais, moi ? Si je disais que j'ai des arbres magnifiques et que je ne peux pas me mettre à l'ombre de mes arbres, parce qu'elle s'échappe, chez lui ? L'ombre de mes arbres est à moi peut-être, non ?

ANTONIN

Oui, elle est à toi. Et puisqu'elle est à toi, je te prie de la retirer de chez moi.

CASIMIR

Il le dit à sa façon, mais il n'a pas tort.

BARNABÉ

Tu veux peut-être que je change le soleil de place ?

CASIMIR

Il veut que tu tailles tes arbres. Et il me semble que c'est son droit.

ANTONIN

J'ai fait des épinards géants, cette année. Eh bien, mon ami, les épinards géants, je te les ferai voir. Ils ne sont pas géants du tout. Ils ne sont pas plus hauts que du cresson.

BARNABÉ

Fais du cresson, si tu veux, moi, mes arbres, je n'y toucherai pas.

ANTONIN *(sombre)*

Bien. On ira au juge de paix. Et, en attendant, je te retire la parole.

CASIMIR

Allez, vaï, Antonin...

BARNABÉ *(hautain et méprisant)*

Oh ! Laisse-le faire ! Si tu crois que ça me touche ! Au contraire ! C'est d'accord ! Qu'il ne me parle plus jamais ! Et si tu m'entends un jour lui adresser un mot, ou lui répondre, je te donne la permission de me cracher à la figure.

Casimir hoche la tête. Ils s'en vont en silence. Nous les suivons. Ils arrivent devant la boulangerie où tout le village est déjà réuni.

Il y a Maillefer, qui a une canne à pêche sur l'épaule. Il y a Pétugue, il y a le vieux Papet, qui est sourd et presque gâteux. Il y a Arsène le boucher, avec son tablier et son fusil à couteaux.

Il y a Céleste, la bonne de M. le Curé. Il y a Miette qui est une bonne grosse paysanne, et Mlle Angèle qui fait chanter les enfants à l'église. Il y a la vieille Fine, qui a une jolie petite barbe grise. Il y a aussi deux ou trois jeunes filles, et des enfants. Tout le monde a l'air d'attendre.

Casimir s'approche du boucher.

CASIMIR

Alors, le pain est beau ?

LE BOUCHER

Ça se prépare. L'instituteur est allé jeter un coup d'œil sur la fournée...

Et voici que M. l'Instituteur sort de la boulangerie.

MAILLEFER

Alors, qu'est-ce que vous en dites ?

L'INSTITUTEUR

Ma foi, je ne suis pas boulanger. Mais il me semble que cet homme-là connaît parfaitement son métier et qu'il va nous faire du bon pain.

MAILLEFER

Il en a déjà sorti du four ?

L'INSTITUTEUR

Non. Dans dix minutes.

LE BOUCHER

Qui sait s'il le fait bon ?

LE BOULANGER *(qui sort sur la porte)*

Et pourquoi je le ferais mauvais ?

LE BOUCHER

On ne veut pas dire que tu le feras mauvais, non, seulement, tu comprends, il y a pain et pain.

CASIMIR

Celui qui était avant toi, Lange, celui qui s'est pendu dans la cave...

LE BOULANGER *(effrayé)*

Chut... *(Il fait un pas vers eux, et parle à voix basse.)* Écoutez-moi bien. Ne parlez jamais de cette histoire-là devant ma femme. De penser que nous avons pris la suite d'un pendu, c'est une chose qui l'impressionnerait et peut-être elle ne voudrait plus rester ici. Alors, motus, hein ?

CASIMIR

Oui, on a compris. Motus.

ANTONIN

Motus.

PÉTUGUE

Motus.

MIETTE *(au Papet)*

Motus.

LE PAPET

Où il est ?

Il regarde anxieusement autour de lui.

LE BOULANGER

Bon. Alors, qu'est-ce qu'il faisait, Lange, quand il ne se pendait pas ?

MAILLEFER

Eh bien, il faisait du pain, mais ce pain n'était jamais pareil.

CASIMIR

Des fois très bon, des fois pas mangeable.

BARNABÉ

Surtout le dimanche matin ! Tu comprends, le samedi il se prenait une cuite terrible, avec de l'anis. Alors, vers minuit, quand il commençait à pétrir, il ne savait plus ce qu'il faisait.

L'INSTITUTEUR

Une fois, dans le pain, on a trouvé la moitié d'un cigare.

ANTONIN

Et une autre fois, un dimanche matin, le pain avait le goût de l'anis.

MAILLEFER

Les enfants se sont régalés !

LE BOULANGER *(indigné)*

Et vous supportiez ça, vous autres ?

BARNABÉ

Et qu'est-ce que nous pouvions faire ?

LE BOULANGER

Aller chercher du pain ailleurs.

CASIMIR

Té, pardi. Nous l'avons fait longtemps !

BARNABÉ

Le plus près, c'est à Volx, à douze kilomètres et par des chemins de montagne... Alors, on en prenait pour une semaine.

MIETTE

Mais au bout de quatre ou cinq jours, le pain était si dur qu'on s'y cassait les dents dessus.

ANTONIN

Alors, on revenait chez Lange, parce qu'il ne le faisait pas toujours bon, mais il le faisait toujours ici.

LE BOULANGER *(simplement)*

Et moi, où je le fais ?

L'INSTITUTEUR

Il a raison, voyons ! Attendons avant de juger.

MLLE ANGÈLE

Où étiez-vous boulanger, avant de venir ici ?

LE BOULANGER

J'ai été à Valensole ; puis à Banon, et j'y ai gagné des sous ; et pourtant, il y avait de la concurrence, nous étions trois boulangers. C'était pas un petit village comme ici. C'était de vraies petites villes où il y avait des connaisseurs...

LE BOUCHER

Et c'est parce que les connaisseurs t'ont plus voulu que tu es venu chez nous ?

LE BOULANGER

Je suis venu chez vous pour faire plaisir à ma femme parce qu'elle craint le froid, et qu'ici c'est beaucoup moins haut... Mais les connaisseurs, quand je suis parti, tu sais ce qu'ils ont dit les connaisseurs ? Ils ont dit : « Boulanger, nous te regretterons. » Et parmi ceux qui m'ont dit ça, il y avait le receveur buraliste et le greffier du juge de paix ! Et le gros, là, qui a mangé du pain où le pendu avait dégueulé son Pernod, il demande si je le ferai bon. Mais dites, le mien sera toujours aussi bon que ça ! Moi, d'abord, des apéritifs, j'en bois guère, je ne bois même pas de vin. Et puis quand je la touche la pâte, je vous garantis que je la bouge et que j'épargne pas ma peine. Et puis, vous saurez que, pour être un bon boulanger, il n'y a pas besoin d'être un monstre carnassier.

FÉLIX

Bravo boulanger ! Tu as raison.

LE BOUCHER

Pourquoi dis-tu « bravo boulanger ». C'est contre moi que tu en as ?

FÉLIX

Moi, monsieur, je ne vous parle pas.

LE BOULANGER *(à Maillefer)*

Ils sont fâchés ?

MAILLEFER

A mort. D'ailleurs, ce sont deux imbéciles, et je suis fâché avec tous les deux.

LE BOULANGER

Pourquoi ?

CASIMIR

Va, va, tout ça n'a aucun intérêt. Ce qui est important, c'est que tu nous fasses du pain — et pourvu qu'il soit aussi beau que ta femme, ça nous suffira.

L'INSTITUTEUR

Oh ! ça, certainement !

LE BOULANGER *(joyeux)*

Il n'est pas difficile, lui ! Du pain aussi beau que ma femme ! Eh bien, dis donc, mais je ne sais pas si on en a jamais fait du pain aussi beau que ma femme !

BARNABÉ

Là, tu as raison, boulanger.

LE BOULANGER *(ravi)*

Elle est belle, hein, ma femme ?

ANTONIN

Ah ! oui, elle est belle !

LE BOULANGER *(à Maillefer)*

N'est-ce pas qu'elle est belle ?

MAILLEFER

Ah ! ça, oui ! Ça on peut le dire !

LE BOULANGER

Dites, monsieur l'Instituteur, n'est-ce pas qu'elle est belle, ma femme.

L'INSTITUTEUR *(badin)*

Mon cher, si elle essayait, tout à coup, la nuit dans une ruelle obscure de m'embrasser fortement sur la bouche, eh bien, je ne porterais pas plainte !

Le boulanger est ravi, il rit avec une joie enfantine.

LE BOULANGER

Ça, je vous le souhaite, à vous, mais je ne le souhaite pas

à moi ! Alors, si je vous fais du pain moitié aussi beau que ma femme, ça vous suffira ?

BARNABÉ

Eh ben, je comprends !

MLLE ANGÈLE

Pour mon goût personnel, j'aimerais mieux du pain qui fût ausi beau que du pain. Car la beauté des femmes est fugitive et se fane comme les fleurs.

ANTONIN

Ce qui fait grand plaisir aux vieilles betteraves, qui ne risquent pas de se faner.

PÉTUGUE *(qui regarde à l'intérieur du magasin, le nez collé contre la vitrine)*

Je comprends qu'elle est belle !

LE BOULANGER

Je suis content que vous la trouviez belle. Et encore vous ne l'avez pas vue habillée du dimanche. Ou alors le soir... Quand elle se prépare à se coucher et que...

On entend la voix de la boulangère qui vient du magasin.

LA BOULANGÈRE

Aimable ! Le pain est prêt.

LE BOULANGER

Et modeste avec ça. Elle ne veut pas qu'on parle d'elle !

Il entre dans la boutique. On le suit. La boulangère est au comptoir, bien coiffée, immobile. Le boulanger traverse la boutique. Il hume l'air. Il dit : « C'est prêt. Vous sentez ? C'est prêt. » Il va au fournil. Tous le suivent. Il ouvre le four. Il flaire. Il dit : « Une minute de plus ne lui fera pas de mal... » Tous attendent.

MAILLEFER

Il se tourne vers la boutique.

Tiens, voilà M. le Marquis.

En effet, M. le Marquis vient d'entrer. Il a cinquante ans, il est extrêmement sympathique et distingué, malgré son ventre important. Il parle d'abondance, avec beaucoup de charme. Il est visible qu'il a commandé un escadron.

LE MARQUIS

Bonjour, madame la boulangère. Je suis, madame, le marquis Castan de Venelles, chef d'escadron à la retraite, mais paillard en activité. C'est vous dire, madame, que je suis très sensible à l'éclat de votre visage, et que je vous suis profondément reconnaissant de bien vouloir être si belle. Ceci dit, je vous présente mon berger. *(Le berger s'avance. C'est un très beau garçon dévoré par le soleil, qui a des dents blanches et des cheveux frisés. Dans l'échancrure du col de sa chemise, on voit quelques poils dorés. Il baisse les yeux.)* Il se nomme Dominique. Ce Dominique viendra le mercredi et le samedi, muni du sac que vous voyez, pour prendre trente pains. *(Le marquis se tourne vers le boulanger.)* Il faudra donc, boulanger, que tu me fasses ces trente pains deux fois par semaine, en plus de ta fournée quotidienne. Et le samedi, si tu avais une douzaine de croissants ou de brioches, j'espère que cette déesse ne verra pas d'inconvénients à les mettre dans mon sac.

LE BOULANGER

Il salue.

Bien, monsieur.

LE MARQUIS

Monsieur le Marquis.

LE BOULANGER

Il re-salue.

Bien, monsieur le Marquis.

LE MARQUIS

Si je te parle de croissants et de brioches, c'est parce que dans mon château — qui n'est en réalité qu'une ferme, mais « castellisée » par ma seule présence — j'héberge en général trois ou quatre dames de petite vertu, que j'entretiens dans un luxe rustique, pour le plaisir de mes vieux jours et le dévergondage de mes bergers...

LE BOULANGER

Parfaitement, monsieur le Marquis.

LE MARQUIS *(souriant)*

Non, pas parfaitement, ce n'est pas l'avis du curé. Enfin, pour ce qui est de ta note, il te la paiera tous les samedis. Bien. Détail pratique : comme pour donner trente pains il faut au moins dix minutes, Dominique ne viendra qu'à midi, pour ne pas faire attendre tes clients. Pour aujourd'hui c'est lui qui va attendre. Dominique, mets-toi dans ce coin. Attends.

Le berger se met dans un coin. Il attend. Le boulanger dit tout à coup : « C'est prêt... Je vais défourner. » Il va vers le fournil, tout le monde le suit. Il ouvre le four ; il commence à sortir les grands pains.

LE MARQUIS

Il sent bon et il est appétissant. *(Un gros chat noir tombe devant le marquis.)* Oh ! il est beau ce chat ! Il est à toi ?

LE BOULANGER *(qui continue à défourner)*

Ah ! oui, monsieur le Marquis. C'est Pompon, celui-là. Dans une boulangerie, il faut se méfier des rats, à cause de la farine : ils vous mangeraient tout le bénéfice ! Pompon et sa femme, Pomponnette, ils me sauvent dix kilos de farine par jour.

ANTONIN

Ah ! Tu as la chatte aussi ?

LE BOULANGER

Je l'ai sans l'avoir. Depuis trois jours, elle a disparu...

BARNABÉ

Attention qu'on t'en ait pas fait un civet !

LE BOULANGER *(effrayé)*

Oh ! coquin de sort ! Tu dis pas ça sérieusement ?

LE MARQUIS

Mais non, boulanger ! Il y a tant de lièvres dans nos

champs que nous ne savons plus qu'en faire : on ne te mangera pas ta chatte !

LE BOULANGER

D'ailleurs, moi je sais pourquoi elle est partie : cette nuit j'ai bien entendu ce qu'elle racontait sur le toit : « Ramama-ou... » Oh ! elle reviendra quand ça lui aura passé !

Il continue à tirer les pains du four.

LE MARQUIS

Bien. *(Il va sortir.)* Comment t'appelles-tu ?

LE BOULANGER

Aimable Castanier.

LE MARQUIS

Oh ! c'est charmant... Le poète a dit :

Et mihi castaneae sunt molles
Et pressi copia lactis...

Mais ça n'a aucune importance pour aujourd'hui. Au revoir, Aimable boulanger. *(En passant devant la belle boulangère, il salue fort galamment et dit :)* Madame, le pain touché par vos belles mains sera reçu chez moi comme un présent. *(A la foule.)* Laissez-moi passer, je vous prie...

Il sort de la boutique, et nous le suivons. Dans la rue, voici M. le Curé qui s'avance en lisant son bréviaire. M. le Marquis s'avance vers lui, respectueux et cordial.

LE MARQUIS

Bonjour, monsieur le Curé !

LE CURÉ

Bonjour, monsieur le Marquis !

LE MARQUIS

Eh bien, monsieur le Curé, nous avons un boulanger ; et de plus, il s'appelle Aimable...

LE CURÉ

Saint Aimable, ou saint Amable fut un grand saint qui vécut aux environs de l'an 742. Il fut remarquable par l'austérité de ses mœurs ; et s'il avait été curé de notre village, il n'eût point toléré que l'un de ses paroissiens vécût en compagnie de plusieurs femmes comme un véritable Mormon.

Il regarde le marquis sévèrement.

LE MARQUIS

Oh ! monsieur le Curé, ce sont mes nièces !

LE CURÉ

Vous oubliez que je suis votre confesseur.

LE MARQUIS

Si vous ne l'oubliez pas, vous aussi, toute conversation mondaine est impossible. Je dis à tout le monde que ce sont mes nièces.

LE CURÉ

Mais personne ne le croit, et l'exemple que vous donnez est très dangereux.

LE MARQUIS

Non, monsieur le Curé, non, car la débauche n'est pas un péché gratuit ; les exemples dangereux, ce sont les exemples à la portée de toutes les bourses ; mais les péchés qui exigent des rentes ne peuvent se répandre que chez les rentiers, or nous n'avons ici que des paysans, et contre les dangers de mon exemple, la Pauvreté leur tient lieu de Vertu !

LE CURÉ

Affreux blasphème !

Ils s'en vont en promenant le long des rues du village, et continuent leur conversation.

DANS LA BOULANGERIE

La boulangère pèse le pain des clients, qui vont se servir eux-mêmes dans les grands paniers.

ANTONIN

Quatre kilos pour moi. *(Il pose les pains sur la balance. La boulangère met les poids puis elle ajoute un morceau en plus.)* Merci pour le bada ! Il est beau, hein, Casimir ?

CASIMIR

Rien que de voir ça, ça me donne faim. Passez la première, Céleste ! Ne faisons pas attendre la servante de M. le Curé.

CÉLESTE

Merci, Casimir... Je me languissais de le toucher ce pain...

La boulangère pèse le pain de Céleste, mais elle ne regarde pas la balance. Elle regarde le berger, qui est debout contre le mur. Le berger la regarde aussi, immobile et muet. Il attend. Peu à peu, le magasin se vide. Au fond, là-bas, dans le fournil, on ne voit que le derrière du boulanger, qui tire les pains du four, et qui chantonne à mi-voix.

La boulangère descend du comptoir, elle s'approche du berger qu'elle regarde bien en face.

LA BOULANGÈRE

Ouvre le sac, et tiens-le.

Le berger déroule le sac et le tient ouvert à deux mains, à la hauteur de sa ceinture. La boulangère plonge les grands pains, jusqu'au fond du sac — et chaque fois, en se relevant, ses cheveux effleurent le visage du berger qui compte : « 1, 2, 3, 4, etc. » et qui respire l'odeur de la femme.

DANS LA SALLE À MANGER DU PRESBYTÈRE

Céleste prépare le couvert de M. le Curé. Le voici justement qui entre ; il paraît joyeux.

LE CURÉ

Ma bonne Céleste, voici une importante nouvelle : M. le Marquis vient déjeuner ici demain.

CÉLESTE *(sarcastique)*

Il vient tout seul, au moins ?

LE CURÉ *(choqué)*

Céleste !

CÉLESTE

Je disais ça — parce que, si vous invitez ce grand mécréant, il n'y a pas de raison pour qu'il n'amène pas toutes ses... NIÈCES... Qu'est-ce qu'elles vont faire, ces pauvres petites, sans leur oncle ?

LE CURÉ

Céleste, la médisance est aussi un péché. D'ailleurs M. le Marquis, en sa qualité de maire de la commune, peut faire réparer le toit de notre église où il pleut comme au champ de foire — et mon invitation n'est peut-être pas entièrement désintéressée. Il me paraît nécessaire de lui préparer un bon repas.

CÉLESTE

Bon... Et c'est une chance que nous ayons du bon pain. Regardez ça, monsieur le Curé...

LE CURÉ

C'est beau, du pain frais...

Il prend le pain, il le palpe, il le flaire, il le fait craquer entre ses doigts.

⁂

Nous voici maintenant au soir de la journée, dans une petite chambre qui est tapissée d'un papier à fleurs. Le boulan-

ger et sa femme sont en train de se coucher. Le boulanger est déjà dans le lit. Il a mis des lunettes. Il déplie un journal.

LE BOULANGER

C'est une bonne journée. C'est vrai que c'est la première. Mais enfin, 683 francs dans un petit village comme ici... Il n'y a pas à dire. Ça s'annonce bien. *(Il regarde son journal. La boulangère tire ses bas.)* Té ! moi, il y a des choses que je ne comprends pas. Au fond, les paysans veulent vendre leur blé très cher, et acheter le pain à très bon marché. Ça ne tient pas debout. Si on vend le kilo de grain à 1,50 F, ça met la farine à 2,30 F au moins. Il y a le son et la repasse. On ne fait pas du pain avec du son, pas vrai ? Et encore moins avec de la repasse ! Alors, s'il faut que je vende le pain à 2,40 F, comment je vais m'y retrouver. Quoi ?

AURÉLIE

Rien.

Elle se déshabille dans un coin d'ombre.

LE BOULANGER

Et tu as raison. On ne peut rien dire, parce que, enfin, avec quatre sous de bénéfice par kilo, il faut que je paie mon loyer — tu as raison, il n'est pas gros. Mais enfin, il faut le payer. Il faut que je paie mes impôts. Il faut que je chauffe mon four, il faut que je me nourrisse, que je nourrisse ma femme, pas vrai ? Et si nous avions des enfants, alors, comment nous ferions ?

La belle boulangère ne dit rien. Elle se couche. Le boulanger lit encore un instant. Puis il tousse, il regarde sa femme qui vient de lui tourner le dos.

LE BOULANGER

Tu dors, Aurélie ? *(Elle ne répond pas.)* Elle est tellement fatiguée, peuchère... Qu'elle est belle, quand même... Et avec ça, elle ne pense qu'à son travail...

Il la regarde longuement avec une grande tendresse. Puis il éteint la lampe, s'allonge, et s'endort. Au bout d'une minute, il ronfle.

Tout à coup au-dehors, on entend les accords d'une guitare. La boulangère s'assoit sur le lit. Puis, une belle voix jeune chante une sérénade en italien.

La boulangère se lève en chemise. Elle va à la fenêtre. Elle l'ouvre. Elle entrebâille les volets. Soudain, le boulanger se réveille. Il s'assoit sur son lit... Il écoute, il se lève, il va près d'Aurélie.

LE BOULANGER *(ravi)*

Une sérénade ! Dis, Aurélie ! Une sérénade ! Regarde un peu comme ils sont gentils ! Je leur ai fait du bon pain, et ils viennent me remercier à leur façon... *(Un temps.)* C'est dommage qu'il chante en piémontais — ou en corse peut-être. Ou en espagnol, qui sait ? Enfin, je ne comprends pas ce qu'ils disent, mais le cœur y est.

Dehors, le berger chante au clair de lune avec deux compagnons.

LE BOULANGER

Ah ! C'est joli ! Je crois que c'est le berger des trente kilos de pain. Bravo ! Bravo ! Attends berger, ne t'en vas pas ! Attends... *(Il court prendre son pantalon.)* Ça doit être un usage. Ils me font la sérénade, mais il faut leur donner quelque chose... Une tourte, ou alors une fougasse et une bouteille de vin cuit... Justement, il nous reste une fougasse à la graine d'anis. Je descends la leur donner.

AURÉLIE

J'y vais.

LE BOULANGER

Tu as raison, il vaut mieux que ça soit toi. C'est plus gracieux. Après tout, c'est peut-être un peu pour toi qu'ils sont venus ! Parce que tu les as bien servis ce matin.

Elle est descendue. Le boulanger retourne à la fenêtre.

LE BOULANGER *(à la fenêtre)*

Merci, messieurs... Vous êtes bien aimables... Ça me fait grand plaisir que vous soyez venus, merci... toi, le chanteur, entre dans la boulangerie. Ma femme veut te donner quelque chose... Oh ! ce n'est pas grand-chose... C'est un petit cadeau d'amitié. Le cadeau du boulanger et de la boulangère... Alors vous l'avez trouvé bon, mon pain ?

UN BERGER

Ah ! oui, qu'il est bon ! Fais-nous-en comme ça tous les jours !

LE BOULANGER *(avec une certaine vanité)*

J'essaierai, et je crois de réussir. Et tout à l'heure vous allez goûter ce que ma femme est en train de donner à votre chanteur... Vous m'en direz des nouvelles !

LE BERGER

Tu crois qu'il y en aura pour tous ?

LE BOULANGER

Il y en aura au moins pour tous les trois...

LE BERGER

Depuis le temps qu'il est entré, il doit peut-être le manger tout seul.

LE BOULANGER

Dieu garde ! *(Il appelle.)* Aurélie ! Aurélie ! Si tu allumes pas l'électricité, tu la trouveras pas la fougasse ! Tu veux que je descende ?

LE BERGER

Oh ! vaï, je crois qu'on n'a pas besoin de toi, boulanger. Recouche-toi vite que tu vas prendre froid.

LE BOULANGER

Oh ! tu sais, si je me recouche, ça ne sera que pour une heure. Il va falloir que je me lève pour pétrir. Parce que le bon pain, c'est le jour qu'on le mange... mais c'est la nuit qu'il faut le faire.

On entend un pas dans la nuit, puis la voix d'Antonin qui s'avance.

ANTONIN

Ho ! boulanger !

LE BOULANGER

Oou ! Qui tu es ?

ANTONIN

C'est Tonin, de la ferme du Gravas. Dis donc, boulanger, demain matin je vais à la chasse.

LE BOULANGER

Et alors ?

ANTONIN

Alors, je t'apporte deux douzaines d'anchois, pour que tu me fasses une fougasse.

LE BOULANGER

Ils sont dessalés ?

ANTONIN

Oui... Ils sont tout prêts.

LE BOULANGER

Mets-les sur le comptoir, dans la balance. A quelle heure tu la veux ?

ANTONIN

Quatre heures, à peu près.

LE BOULANGER

D'accord. Entre.

ANTONIN

C'est pas éclairé.

LE BOULANGER

Aurélie ! Tu le trouves pas, le bouton ?

La boulangerie s'éclaire brusquement.

ANTONIN

Ça y est. Elle l'a trouvé.

Il entre.

DANS LA BOULANGERIE

Aurélie et le berger sont debout près du comptoir. Antonin s'avance.

LE BERGER

Il tient sa fougasse à la main.

Alors, je vous remercie bien. *(A Antonin.)* Elle m'a donné cette fougasse.

ANTONIN

Elle est belle. *(Il tend son petit paquet à la boulangère.)* Madame Aurélie, c'est des anchois. Votre mari m'a dit de les mettre sur la balance. Et dites-lui que, pour ma tarte, je la préfère pas trop cuite... *(Il va sortir, il essaie d'entraîner le berger.)* Alors, Dominique, tu viens ?

LE BERGER

Oui, je viens. *(A la boulangère.)* Alors, au revoir.

AURÉLIE

Au revoir, berger.

Le berger sort. Antonin le suit. Aurélie les raccompagne. Antonin l'arrête.

ANTONIN

Ne sortez pas comme ça, madame Aurélie. Vous risquez de prendre froid. Je vous fermerai les volets.

AURÉLIE

Merci.

Antonin et le berger sont sortis.

DANS LA CHAMBRE DU BOULANGER

Le boulanger fait ses adieux tout en refermant les volets.

LE BOULANGER

Ce n'est rien, berger ; c'est de bon cœur. Au revoir.

Il referme sa fenêtre. Aurélie entre.

LE BOULANGER

Tu n'as pas eu froid ?

AURÉLIE

Non.

LE BOULANGER

Tu lui as donné bien poliment ?

AURÉLIE

Oui.

LE BOULANGER

Je crois que ça leur aura fait plaisir.

AURÉLIE

Oui.

Elle se recouche. Le boulanger éteint la lampe.

DANS LA COLLINE

Sur un sentier, les trois bergers remontent vers leur ferme.

ESPRIT

D'après ce que tu m'avais dit ce matin, quand même tu t'en doutais un peu !

DOMINIQUE

Je n'aurais jamais cru que ça aille si vite.

BARTHÉLEMY

Tu nous racontes pas une histoire ?

DOMINIQUE *(il est tout ému)*

Oh ! non. Ça, non ! A peine je suis entré dans la nuit, j'ai entendu comme un bruit d'étoffe ; et puis une respiration profonde : et puis deux bras autour de mon cou. Et puis, elle m'a mordu la bouche.

ESPRIT

Ça, par exemple !

DOMINIQUE

Tiens, touche mon cœur.

ESPRIT *(il touche le cœur de Dominique)*

On dirait des coups de marteau !

BARTHÉLEMY

Tu es pas un peu fou, de te mettre dans des états pareils pour une femme comme ça ?

DOMINIQUE

Des femmes comme ça, j'en ai jamais vu, même en rêve.

ESPRIT

Tu rigoles ! Ce matin, elle fait ta connaissance, et ce soir elle te mange les babines ! Quand ça vous prend si vite, c'est que ça vous prend souvent.

DOMINIQUE

Pourquoi ?

BARTHÉLEMY

Si c'est vrai ce que tu nous dis, tout le village va y passer !

DOMINIQUE *(pâle)*

Ne répète jamais une chose pareille, tu entends ? Menteur ! Ne dis pas de mal d'elle, parce que je t'estropie pour la vie !

ESPRIT *(il l'arrête)*

Oou, Dominique, qu'est-ce qui te prend ?

DOMINIQUE *(à voix basse)*

Je l'ai vu ce matin, sur sa figure, brusquement : elle m'aime d'amour. Et tu ne sais pas ce qu'elle m'a dit ? Elle m'a dit : « Si tu es un homme, trouve-toi derrière l'église à cinq heures, avec un cheval : tu m'emporteras où tu voudras. » Elle quitte son mari, sa boulangerie, ses sous, son pain. Elle veut tout perdre pour moi. A cinq heures derrière l'église...

ESPRIT

Et tu vas y aller ?

DOMINIQUE

Je ne sais pas. Je crois que oui.

BARTHÉLEMY

Et le mari ?

DOMINIQUE

Entre la première fournée et la deuxième, il dort deux heures à côté du four. Il ne la verra pas passer...

ESPRIT

Et où tu la mèneras ?

DOMINIQUE

Je ne sais pas.

BARTHÉLEMY

Il est fou. Au moins donne-moi la fougasse qu'on la goûte !

Il prend la fougasse, en arrache un morceau et tend le reste à Esprit.

⁂

Et maintenant l'aube va se lever. Nous revenons dans le fournil.

Antonin, prêt à partir pour la chasse, attend assis sur un sac. Il tient la laisse de son chien, son fusil est debout contre le mur. Le boulanger, en tenue de travail, parle.

LE BOULANGER

C'est une habitude à prendre. Il y a des boulangers qui dorment toute la journée. Moi, non. Le soir, vers sept heures, je prépare tout, puis je vais me coucher. A une heure du matin, je me réveille, et je descends pétrir. Puis j'enfourne. Et tu vois, quelle heure il est ?

ANTONIN

Quatre heures juste...

LE BOULANGER

C'est rare si j'ai pas fini à quatre heures juste. Alors pendant que la fournée se cuit, je dors encore une heure et demie, là, près du four. Et à six heures et demie, en descendant, ma femme me réveille. Je sors ma première fournée, et je prépare la seconde pour dix heures. De quel côté c'est que tu vas chasser ?

ANTONIN

Dans les prés, le long de la Durance. *(Mystérieux.)* Je sais deux lièvres : ça m'étonnerait bien si j'en rapportais pas un.

LE BOULANGER *(il ouvre la porte du four)*

Tiens, regarde-la, ta fougasse, et dis-moi si elle te va comme ça. Elle commence à peine à se dorer.

ANTONIN *(gourmand)*

C'est ça, c'est tout à fait ça...

LE BOULANGER

Alors je la sors. *(Il prend la grande pelle, il défourne la fougasse.)* Touche pas qu'elle te brûlerait. Je vais te la mettre dans le carnier. *(Avec deux morceaux de chiffon, il prend la fougasse et la met dans le grand carnier.)* Ça va te chauffer les fesses, Tonin.

ANTONIN

Avec le petit vent du matin, ça m'ira tout à fait bien. Combien je te dois, boulanger ?

LE BOULANGER

Comme c'est la première que je te fais, tu me dois un petit merci et voilà tout.

ANTONIN

Ça, c'est gentil. Mais alors, à midi, je t'offrirai l'apéritif au *Cercle.*

LE BOULANGER

L'apéritif, à moi ? Oh ! que non : je ne bois même pas de vin.

ANTONIN

Ah bien, alors, je t'apporterai deux grives. Puisque tu me

donnes de ta boulange, je te donnerai de ma chasse... Adieu, boulanger. Je file vite parce que le jour va pointer. *(Il tire sur la laisse du chien.)* Allez, zou, Souffrance, on y va ?

LE BOULANGER

Pourquoi tu l'appelles Souffrance ?

ANTONIN

Je l'ai trouvé quand il était petit, tout plein de gale, avec une patte cassée. Il souffrait beaucoup. Alors j'y ai mis Souffrance.

LE BOULANGER

Et pourquoi il est tout gonflé comme ça ? On dirait qu'il est plein de bouffigues.

ANTONIN

Ah ! C'est un chien qui aime trop le miel...

LE BOULANGER

Et c'est le miel qui le fait gonfler ?

ANTONIN

Non. C'est les abeilles. *(Sur la porte.)* Dis-moi m... pour me porter bonheur.

LE BOULANGER *(gentiment)*

M...

ANTONIN

Merci.

Il s'en va. Le boulanger bâille. Il examine son four, puis il se couche dans un vieux pétrin et il s'endort.

DANS L'ÉCURIE DU CHÂTEAU

Il y a le berger qui selle un cheval. Esprit l'aide.

ESPRIT

Tu ferais bien de réfléchir encore un peu.

DOMINIQUE *(il est fébrile)*

Réfléchir ! Je ne peux plus. Je ne peux plus. Il faut que je parte avec elle. Je peux pas attendre deux minutes. Il faut que je la touche, que je la voie, que je sente son odeur. Elle m'a mis le feu dans le sang. De penser à elle, ça me fait trembler.

ESPRIT

Et tu crois qu'elle voudra venir ?

DOMINIQUE

Elle est aussi folle que moi. Quelle heure c'est ?

ESPRIT

Il manque vingt minutes pour cinq heures.

Un silence. Dominique va et vient fiévreusement.

ESPRIT

Il me semble que tu n'as plus ta raison.

DOMINIQUE

Tu te rappelles, l'année dernière, quand tu avais pris froid, et qu'un peu plus tu mourais ? D'abord, tu avais eu le frisson, deux ou trois fois, et tu m'avais dit : « Je me sens tout drôle... Je ne vois plus où je pose mon pied quand je marche. » Eh bien, je suis comme ça depuis ce matin, depuis qu'elle m'a regardé. Vers le soir, la fièvre t'a pris. Tu voulais sortir de ton lit. Nous étions trois pour te tenir. Tu criais, tu pleurais, tu voulais sortir par la fenêtre... Alors il est venu le maître berger, celui de Ganagobie, et il t'a fait un remède avec des herbes, et la mort est sortie de la chambre. Eh bien, moi, je suis comme toi ce soir-là. Mais c'est pas une herbe qui peut me guérir. Je sens que j'ai perdu toute ma force, je fais des gestes sans le vouloir, le sang me brûle les oreilles... Tu vois, j'ai soif depuis deux heures, et pourtant je ne veux pas boire, parce qu'elle m'a mordu la bouche... La fougasse, j'en ai pas voulu, parce qu'après ce qu'elle m'a fait, il me semble que ce serait sale de manger dessus. Esprit, il faut que je parte... Ne me parle pas de l'oublier : je ne peux pas.

ESPRIT

Et notre monsieur, dis, qu'est-ce qu'il va dire ?

DOMINIQUE

Tu lui expliqueras que c'est pour une femme. Il comprendra.

ESPRIT

Pour toi, de tout sûr, il comprendra. Mais le cheval ? Il va gueuler pour le cheval.

DOMINIQUE

Oh ! mais le cheval, je le renverrai. Je le confierai à quelque paysan, qui le ramènera jusqu'au village...

ESPRIT

Ou qui ira le vendre à l'abattoir...

DOMINIQUE

Non, non. Je sais de qui je parle.

ESPRIT

Et de l'argent, tu en veux un peu ?

DOMINIQUE

Merci. J'ai pris mes économies. *(Il s'approche de son chien qui dort.)* Tu t'occuperas de Poilu, hein ?

ESPRIT

Sois tranquille.

DOMINIQUE *(il se penche vers le chien)*

Adieu, Poilu. Ce qui m'arrive, ça t'est arrivé l'année dernière. Et quand tu es revenu, je t'ai frappé. Je ne savais pas.

Il embrasse son chien. Il saute à cheval et s'en va dans la nuit.

DANS LA CHAMBRE DU BOULANGER

Sans bruit, la boulangère a fait ses paquets. Elle se farde, elle met un fichu. Puis elle écoute. Elle sort sur la pointe des pieds, en portant ses souliers à la main. Elle descend l'escalier, et la voici dans le fournil. Le boulanger dort de tout son cœur, allongé dans le vieux pétrin. Elle passe à côté de lui comme une ombre. Sur le comptoir de la boutique, elle dépose doucement le grand trousseau de clefs, et maintenant la voilà dans la rue, qui s'enfuit sous le petit jour. Elle va vers l'église : et voici le berger qui l'attend à cheval. Elle s'approche, elle tend les bras vers lui. Sans dire un mot, il la prend par la taille, l'assoit devant lui, l'enveloppe dans sa grande pèlerine. L'Angélus sonne. Le cheval part au galop.

Un peu plus tard, devant le Cercle, Casimir ouvre ses volets. Tout à coup, il flaire l'air. Puis il regarde vers le ciel.

De la cheminée de la boulangerie une épaisse fumée noire sort en énormes spirales.

CASIMIR

Il a foutu le feu au four !

Il part en courant vers la boulangerie.

Dans la boulangerie, à travers une épaisse fumée qui le fait tousser, Casimir entre en courant.

CASIMIR

Boulanger ! Boulanger !

LE BOULANGER

Quoi ? *(Il bondit de son pétrin.)* Oh ! malheureux ! *(Il ouvre le four.)* Ça y est ! ma fournée est foutue. Et un dimanche, encore !

CASIMIR

Tu t'es endormi ?

LE BOULANGER *(il est navré)*

C'est pas que je me sois endormi. C'est que je me suis pas réveillé ! Ah ! bon Dieu !

CASIMIR

Eh bien ! Sian pouli !

Il regarde, consterné, les pains de charbon que le boulanger retire du four.

LE BOULANGER

Oh ! ça sera vite réparé... Le pain sera prêt deux heures plus tard, voilà tout. C'est ma femme qui me réveille d'habitude... Mais la pauvre — tu comprends... Les fatigues de l'installation... Elle doit dormir comme un enfant... Je vais lui annoncer la catastrophe tout doucement, pour ne pas lui faire de la peine... Je vais la réveiller avec une tasse de café...

Dans la chambre d'Aurélie, il fait nuit, parce que les volets sont fermés.
Le boulanger entre, et il va poser la tasse sur la table de nuit.

LE BOULANGER *(à mi-voix)*

C'est moi, Cocotte... Tu t'es endormie... Mais ne t'inquiète pas... Je me suis réveillé tout seul. Au fond, nous ferons bien d'acheter un réveille-matin. Ça te permettra de dormir plus tard... *(Il ouvre la fenêtre et le jour entre. Le boulanger va vers le lit.)* Aurélie ! *(Il touche les couvertures. Il les soulève. Dans le lit il y a des couvertures roulées. Le boulanger recule, effaré. Puis, il rit.)* C'est une blague ! Aurélie ! Ma belle ! Ton café sera froid... Aurélie !

Il regarde autour de lui, il rit drôlement.

DANS LA CAMPAGNE, *le cheval du marquis emporte les amoureux.*

DANS LE FOURNIL, *Casimir boit une tasse de café voluptueusement. Miette, qui venait chercher du pain, est en face de lui.*

MIETTE

Tu crois qu'il en fera avant midi ?

CASIMIR

Mais oui, ma belle ! Je lui donnerai un coup de main, s'il en a besoin !

Le boulanger entre, perplexe, mais souriant.

LE BOULANGER

Ma femme me fait une blague... Elle s'est cachée.

MIETTE

Et où ?

LE BOULANGER

Ma foi, j'en sais rien, je l'ai laissée au lit à deux heures du matin — et maintenant à sa place, elle a mis un rouleau de couvertures, et elle n'est plus là.

CASIMIR

Ça, quand même, c'est un peu drôle.

MIETTE

Elle montre un grand trousseau de clefs sur le comptoir.

Et ces clefs, qu'est-ce que c'est ?

LE BOULANGER *(frappé)*

C'est son trousseau. Elle a laissé son trousseau. *(Brusque-*

ment.) Ah! je sais où elle est... Elle doit être au jardin... Elle est passée pendant que je dormais, et elle est allée au jardin... Alors, comme elle a pensé que je pourrais avoir besoin d'ouvrir une armoire ou un tiroir, elle m'a laissé les clefs... Je vais au jardin... Tu me gardes un peu la boutique ?

CASIMIR

Oui.

LE BOULANGER

C'est pas loin... C'est juste à l'entrée du village... Je reviens avec elle dans deux minutes...

Il sort.

MIETTE

Tu reviens avec elle si tu la trouves ! *(A Casimir.)* Et où tu crois qu'elle est allée ?

CASIMIR

Ma foi, ce n'est pas pour en dire du mal, mais elle a un peu l'air d'une créature, avec ce rouge et cette poudre. En quatre jours, elle a peut-être déjà trouvé un galant...

MIETTE *(effrayée)*

Mon Dieu ! Qui sait si mon mari est bien allé à la chasse ? Vé, les jambes me manquent !

CASIMIR

Va, ne t'inquiète pas pour ton mari. C'est pas ce genre-là qu'il lui faut. Non... Elle a dû trouver quelque bel homme dans le genre de Patrice, ou peut-être alors ce coquin de marquis, et il doit être en train de la mignoter dans le coin d'une grange... C'est son habitude... Va, va, quand elle va revenir, ça ne m'étonnerait pas si elle avait de la paille dans le dos.

AU BORD D'UNE ROUTE

Il y a plusieurs jardins séparés par des haies. Dans l'un d'eux, un vieux paysan pioche. Le boulanger arrive en courant.

LE BOULANGER

Aurélie !

Il entre dans son jardin, qui est inculte, il s'approche de la haie, il appelle le vieux paysan qui est sourd.

Papé ! Ho ! Papé !

Le vieux se relève et s'approche.

LE VIEUX

Quoi ?

LE BOULANGER

Vous avez pas vu ma femme ?

LE VIEUX *(la main en cornet)*

Quoi ?

LE BOULANGER

Vous avez pas vu ma femme ?

LE VIEUX

Ta femme ? Si je l'ai vue ?

LE BOULANGER

Oui. Vous l'avez vue ?

LE VIEUX

Je la connais pas... Je savais même pas que tu étais marié.

LE BOULANGER

Mais ici, ce matin, il n'est pas venu une femme ?

LE VIEUX

Oui, il en est venu une. Elle ramassait des limaçons. C'est une grande vieille, avec un peu de barbe... C'est sûrement pas ta femme, quand même.

LE BOULANGER

Non, c'est pas elle.

LE VIEUX

Alors, comme ça, tu es marié ? Et tu ne sais pas où est ta femme ?

LE BOULANGER

Si, je le sais... Elle est à l'église... Mais je me demandais si, avant d'y aller, elle n'était pas passée ici...

LE VIEUX

Oh ! non... Ça, non...

Le boulanger part en courant.

Ma foi ! C'est peut-être pas à l'église qu'elle est ? Enfin... Aussi, quand on est boulanger, quelle idée de se marier !

DEVANT L'ÉGLISE

Le boulanger passe sur la place, et il entre dans l'église. Nous le suivons. La petite église est déserte, et il y fait presque nuit.

Le boulanger entre. Il appelle.

LE BOULANGER

Aurélie ! Aurélie !

Il fait le tour de l'église. Il n'y a personne. Soudain une porte s'ouvre, et le curé paraît, revêtu de ses ornements sacerdotaux. Il voit le boulanger, il marche droit sur lui.

LE CURÉ

Que faites-vous là, avec ce bonnet ridicule ?

LE BOULANGER

Il se découvre.

Excusez-moi, monsieur le Curé. C'est que je suis un peu inquiet. Ma femme a disparu depuis deux heures... Je suis allé voir au jardin : elle n'y est pas... Alors je me suis pensé que, peut-être, par hasard, elle serait venue à l'église.

LE CURÉ

Vous avez raison de dire par hasard, car je ne l'ai pas encore vue ici.

LE BOULANGER

Nous ne sommes arrivés que depuis cinq jours et il n'y a pas eu de dimanche... Mais aujourd'hui elle viendra probablement.

LE CURÉ

Une femme qui va probablement à la messe le dimanche n'est probablement pas une femme qui vient à l'église à sept heures du matin.

LE BOULANGER

Je vous dis ça parce que quand nous étions à Manosque, elle y allait tous les jours, vers six heures et demie. Pendant que je faisais ma seconde fournée, oui, chaque matin. Et vous savez, ce n'était pas pour se faire remarquer, au contraire. Elle se mettait dans un petit coin, derrière un pilier — et elle se cachait si modestement que personne ne l'a jamais vue. Alors, je croyais qu'aujourd'hui...

LE CURÉ

Si elle est ici aujourd'hui, elle se cache aussi bien qu'à Manosque.

LE BOULANGER *(perplexe)*

Si elle est pas ici, je me demande où elle peut être.

LE CURÉ

Et Dieu, vous ne vous demandez pas où il est ?

LE BOULANGER

Ça non, monsieur le Curé. Parce que Dieu je sais où il est. Il est là.

Il montre l'autel.

LE CURÉ *(avec bonté)*

Il est partout, mon ami, et je souhaite qu'en ce moment même, il soit auprès de votre femme...

LE BOULANGER

Je le souhaite aussi, monsieur le Curé, j'aimerais mieux que ce soit lui qu'un autre.

LE CURÉ

Souvenez-vous que si un jour vous avez besoin de consolations, c'est ici que vous les trouverez et pas ailleurs.

LE BOULANGER

Je le sais, monsieur le Curé.

LE CURÉ

Je vais dire la messe de sept heures. C'est dimanche, profitez-en. Asseyez-vous.

Le boulanger, hésitant, s'assoit. Le curé monte à l'autel. La messe commence.

⁂

Cependant, Antonin se glisse le long d'une haie, au bord d'un grand champ labouré. Son chien Souffrance quête devant lui. Antonin avance en se dissimulant, pour tâcher de surprendre le gibier. Brusquement, il s'arrête, et il regarde entre deux branches. Un cheval arrive au galop, de l'autre côté de la haie. Tonin paraît stupéfait. Il murmure : « Té vé... vé... Dominique... Et la boulangère ! » Il se cache, le cheval passe au galop.

À LA TERRASSE DU CERCLE

Barnabé, Casimir, le boulanger et l'instituteur sont assis sur le parapet.

LE BOULANGER

Et alors le curé en a profité pour me filer une messe en première. J'y ai rien compris. Après, il m'a dit d'avoir confiance dans la bonté de Dieu. C'est bien gentil de sa part, mais tout ça ne me dit pas où elle est.

L'INSTITUTEUR

Vous ne vous étiez pas disputés hier au soir ?

LE BOULANGER

Pensez-vous ! Nous sommes mariés depuis cinq ans et nous n'avons jamais eu la moindre dispute. Et puis d'abord, c'est une femme très calme, et qui ne parle pas beaucoup...

CASIMIR

Mais toi, en réfléchissant bien, tu n'as aucun soupçon, aucune idée sur la direction qu'elle aurait pu prendre ?

LE BOULANGER

Il n'y a qu'une chose qui soit encore possible. Elle s'est languie de sa mère, et elle est allée la voir. C'est à quinze kilomètres d'ici.

BARNABÉ

Et pourquoi elle ne te l'aurait pas dit ?

LE BOULANGER

Elle a peut-être eu peur que je lui refuse. Et puis, va savoir : une femme, ça a des idées brusques, des envies... C'est un peu comme les chèvres, tu sais... Pour moi, au fond, ça doit être ça. Ce changement, cette installation, ça l'a énervée, ça lui a donné un coup de cafard, et elle a eu envie de voir sa mère. Parce qu'elle aime beaucoup sa mère. Si vous saviez comme elle aime sa mère !

L'INSTITUTEUR

Elle doit aller la voir souvent, je suppose ?

LE BOULANGER

Oh ! Tant qu'elle peut !

BARNABÉ

Et toi, pendant ce temps, qu'est-ce que tu fais ?

LE BOULANGER

Eh bien moi, qu'est-ce que tu veux que je fasse ? Je pétris.

L'INSTITUTEUR

Évidemment.

LE BOULANGER *(qui rit)*

Il est rigolo, lui ! Et qu'est-ce qu'il voudrait que je fasse ?

Et voici Tonin qui arrive. Il porte un lièvre par les oreilles.

CASIMIR

Ho ! Tonin ! Tu as plus de place dans ton carnier, que tu le portes à la main ?

ANTONIN

Eh ! fada, si je le mets dans le carnier, personne le voit. Surtout qu'il est beau.

CASIMIR

Il est beau. Mais il sera dur. Il a trois ans.

ANTONIN

Hé ! le jaloux ! Et toi, quand tu as tué ton chien basset, en croyant de tirer un lièvre, quel âge il avait ? *(Il tire deux grives de son carnier.)* Té ! boulanger, j'ai tes grives. Il y en a une grosse et une petite. La sayre c'est plus gros. Mais le tordre c'est meilleur.

LE BOULANGER

Merci, Tonin. Merci. Tu es brave.

L'INSTITUTEUR

Seulement, maintenant avec deux grives, il en a une de reste. Sa femme a disparu.

LE BOULANGER

Oh ! Disparu ! Non, elle n'a pas disparu. Elle n'est plus

ici, voilà tout. Parce qu'elle est probablement chez sa mère. Remarque que je n'en suis pas sûr. Mais enfin, où serait-elle ? Hein ? *(Il regarde Antonin qui baisse les yeux.)* Tu le sais, toi ? Des fois, tu ne l'aurais pas rencontrée ?

ANTONIN

Moi ? Je ne crois pas.

LE BOULANGER

Tu n'as vu personne ?

ANTONIN *(gêné)*

Oh ! évidemment, j'ai vu du monde. Tiens, j'ai rencontré le facteur qui montait... Il était en bicyclette... J'ai vu un homme qui labourait, au plateau de la Badauque... Et puis, j'ai vu... Enfin il m'a semblé voir... Un cheval... qui passait...

LE BOULANGER

On te parle pas d'un cheval. Je te demande où est ma femme.

CASIMIR

Il était seul ce cheval ?

ANTONIN

Naturellement, il avait du monde sur l'esquine.

LE BOULANGER

Une femme ?

ANTONIN

Il m'a semblé : une femme.

LE BOULANGER

Alors, c'est pas la mienne. Elle ne sait pas monter à cheval. Tu penses : les chevaux, ça lui fait peur rien que de les voir ! Non, non, elle ne serait pas montée sur un cheval.

L'INSTITUTEUR *(soupçonneux)*

Cette dame, sur ce cheval, elle n'était peut-être pas seule ?

ANTONIN

Non. Elle n'était pas seule. Devant elle, il y avait un homme. Et elle se tenait à son cou.

LE BOULANGER *(joyeux et convaincu)*

Oh ! alors, ce n'était pas elle. Elle n'est pas si familière que ça. Non, non, plus j'y pense, plus j'en suis sûr. Elle est allée chez sa mère, comme ça, brusquement.

L'INSTITUTEUR

En bonne logique, si elle est allée chez sa mère et sans vous le dire, de peur d'un refus, il me semble qu'elle vous aurait laissé un petit mot sur un papier...

LE BOULANGER *(soudainement illuminé)*

Mais naturellement, qu'elle m'a laissé un papier ! Seulement moi, comme un grand imbécile que je suis, je n'ai pas pensé à regarder. Il doit être sur la commode ! Oh certainement, je vais le chercher... Merci, monsieur l'Instituteur ! Je vais le chercher.

Il part en courant.

L'INSTITUTEUR *(il se lève)*

Accompagnons-le, parce qu'il ne le trouvera pas.

Ils s'en vont tous quatre vers la boulangerie, pensifs.

CASIMIR *(à Antonin)*

Quand même, les femmes ! c'est incroyable. C'était elle que tu as vue ?

ANTONIN *(prudent)*

Ça, écoute, ne me fais pas dire ce que je n'ai pas dit. J'ai vu un cheval. Il portait un homme et une femme. Il s'en allait du côté des marais. L'homme ressemblait au berger du marquis. La femme ressemblait à la femme du boulanger.

Ils sont arrivés devant la boulangerie. Le boulanger est à la fenêtre du premier étage. Il appelle les arrivants.

LE BOULANGER

Pstt ! Pstt ! Le papier n'est pas dans la chambre. Mais comme j'ai laissé la fenêtre ouverte depuis deux heures, le courant d'air l'a peut-être emporté. Regardez un peu si vous ne le trouvez pas, ici ou de l'autre côté du mur...

L'INSTITUTEUR

Bon. On va le chercher ! *(A voix basse, aux autres.)* Ou enfin, on va faire semblant...

Dans la rue, au loin, on voit arriver le marquis à cheval, suivi d'un berger, Esprit. Il s'arrête devant la boulangerie. Esprit saute à terre, et tient la bride des deux chevaux.

LE MARQUIS

Le boulanger est ici ?

L'INSTITUTEUR

Oui, monsieur. Il est dans sa chambre.

LE MARQUIS

Merci.

Il entre dans la boulangerie. Tous ceux qui étaient dehors s'approchent du berger.

L'INSTITUTEUR

Alors, comme ça, elle est partie avec lui ?

ANTONIN

Faites attention, monsieur l'Instituteur. J'ai dit « ressemblait ». Je ne dis pas que c'étaient eux. Mais enfin, ça leur ressemblait. Et puis, de la façon qu'ils se tenaient, ça ressemblait à des gens qui s'aiment, et qui vont n'importe où pour s'embrasser tranquillement. Et si vous voulez mon avis, ça ressemblait à des gens qui ne reviendront pas ; et notre pauvre boulanger, il ressemble énormément à un cocu.

L'INSTITUTEUR

Il fallait s'y attendre.

CASIMIR *(tristement)*

On a beau s'y attendre, mais quand ça ne doit pas arriver, ça n'arrive pas. Ah ! ce n'est pas ma femme qui s'envolerait avec un berger ! Elle n'est pas si bête !

BARNABÉ

C'est les bergers qui ne sont pas si bêtes.

ANTONIN

Et puis ta femme, avec les tétasses qu'elle a, c'est pas un berger qu'il lui faudrait, c'est un bouvier !

CASIMIR *(navré)*

Et qu'est-ce que tu veux ? Des bouviers, ici, il n'y en a pas.

BARNABÉ

Alors, Esprit ?

ESPRIT

Eh bien, quoi, Dominique est parti avec la femme. Et ils ont emmené Scipion. Le plus beau cheval. Le vieux en fait une maladie...

ANTONIN *(rigolard)*

Vous voyez, je vous l'avais dit : « Il me semblait » de les avoir reconnus...

DANS LA SALLE À MANGER DU BOULANGER

Le marquis entre. Le boulanger le suit. Le marquis se retourne vers lui.

LE MARQUIS

Ferme la porte *(le boulanger ferme la porte).* Eh bien, mon pauvre Aimable, tu es au courant ?

LE BOULANGER

Au courant de quoi ?

LE MARQUIS

Ta femme ?

LE BOULANGER

Ah ! C'est de ça que vous voulez parler ? Oui, je suis au courant. Elle est allée chez sa mère. Elle m'a laissé un petit papier que le courant d'air a dû emporter... Nous le cherchons, justement... Vous avez des nouvelles, vous ?

LE MARQUIS *(avec compassion)*

Eh oui, mon vieux, j'ai des nouvelles. Elles sont terriblement précises : ta femme est partie avec Dominique, mon premier berger.

LE BOULANGER *(stupéfait)*

Allons donc, monsieur le Marquis ! Ce n'est pas raisonnable ce que vous dites... Qui est-ce qui a pu vous raconter ça ?

LE MARQUIS

Ta femme et mon berger sont partis ce matin à cinq heures et, pour s'enfuir, ils ont volé Scipion, mon meilleur cheval.

LE BOULANGER *(indigné)*

A cheval ? Il l'aurait emportée à cheval ? Eh bien, il en aurait du toupet, celui-là, de la faire monter à cheval ! Mais dites, et si elle tombait et qu'elle se casse une jambe ? Et puis alors, où seraient-ils en ce moment ?

LE MARQUIS

Ça, on n'en sait rien.

LE BOULANGER

Et qu'est-ce qu'ils auraient bien pu aller faire ensemble ?

LE MARQUIS

L'amour, tout bêtement...

LE BOULANGER *(indigné)*

Allons donc, monsieur le Marquis ! Ils se sont vus pour la première fois hier ! Mais vous ne savez pas qu'Aurélie, il a fallu que je lui fasse la cour pendant trois ans avant qu'elle me dise « oui », et encore c'était pour l'épouser !

LE MARQUIS

Ça n'est peut-être pas la même chose...

LE BOULANGER

Ah ! Bon Dieu ! Ça non, alors ! Si vous la connaissiez, Aurélie, vous penseriez à tout, sauf à ça. Écoutez, nous sommes entre hommes, je peux vous faire des confidences... Eh bien, c'est une femme que ces choses de l'amour, ça ne l'intéresse pas du tout. Ah ! parlez-lui de vendre du pain, de faire sa caisse, de broder des combinaisons, mais ne lui parlez pas d'amour, elle ne vous écouterait même pas !

LE MARQUIS

Il montre une rangée de romans à quarante sous, alignés sur la cheminée.

Ce n'est pourtant pas toi qui lis ces livres-là ?

LE BOULANGER

Oh ! bien sûr que non. C'est elle. Ah ! des romans d'amour, elle en lit tout le temps; mais c'est parce qu'elle les trouve comiques.

LE MARQUIS

Qui t'a dit ça ?

LE BOULANGER

Je l'ai vu. Tenez, un jour, pendant que je préparais mon levain (c'était en hiver), elle était assise près du four, sur un sac de farine. Elle lisait un livre, et ça avait l'air de l'intéresser. Et tout d'un coup, elle lève la tête, elle me regarde. Et elle se met à rire d'une force qu'elle ne pouvait plus s'arrêter. Alors, je lui dis : « Qu'est-ce que tu lis ? » Elle me fait : « Un roman d'amour. » Et c'était vrai ; c'était écrit sur la couverture ! Elle a tellement ri, monsieur le Marquis, que du rire, elle a pris une crise de nerfs, et qu'après elle en a pleuré toute la nuit.

LE MARQUIS

Oui, ça lui avait paru tellement rigolo... Ah ! les femmes sont compliquées.

LE BOULANGER

Oh ! là ! là ! Pire qu'une montre ! Mais elle, moi, je la connais, et je dois vous dire qu'avant de l'épouser, j'ai bien réfléchi pour la comprendre... N'est-ce pas, quand on a plus de quarante ans et qu'on se marie avec une fille de vingt ans, il faut prendre ses précautions. J'avais remarqué qu'elle n'écoutait pas volontiers les jeunes gens, ils ne lui plaisaient pas... Et d'abord, si elle avait aimé les beaux garçons, est-ce qu'elle se serait mariée avec moi ?

LE MARQUIS

L'un n'empêche pas l'autre...

LE BOULANGER

Mais non, je ne suis pas joli, je le sais... Si on faisait le compte du tout, au fond, j'en vaux bien d'autres. Seulement, moi, ce que j'ai de bien, ce n'est pas à la devanture... Vous me comprenez ? Ce serait plutôt à l'intérieur du magasin.

LE MARQUIS

Ça, boulanger, je commence à le croire...

LE BOULANGER

Mais pour en revenir aux jeunes gens, figurez-vous que deux jours avant notre mariage elle me dit : « Aimable, je dois te prévenir qu'avant de te connaître, j'ai eu un amant. » Ça m'a choqué, comme vous pensez. Elle me fait : « C'était un jeune homme des environs, très grand, très beau, et avec une bonne situation. C'était un danseur extraordinaire. » Je lui dis : « Et où est-il ? » Elle me fait : « Il est mort. » Et c'était vrai... Eh bien, elle m'a dit ça avec un calme, un sang-froid, quelque chose de glacé. Alors, je l'ai épousée quand même, parce que je me suis dit : « Aimable, tu ne risques rien. Il est mort et par conséquent tu es beaucoup plus beau que lui. »

LE MARQUIS

Parfaitement raisonné.

LE BOULANGER

Et même, j'ai presque été content de cette histoire, parce que sa façon de parler du pauvre mort me faisait croire qu'elle n'avait pas de tempérament. Eh bien, l'expérience m'a prouvé que j'avais raison. Quand je l'embrasse, elle se laisse faire, sans dégoût, mais sans plaisir... Une porte ressentirait plus d'émotion... Et vous savez, je vous en parle savamment ; je suis son mari depuis cinq ans. Tout ça pour vous dire, monsieur le Marquis, que malgré qu'elle soit belle, élégante, qu'on ait tant de plaisir à la regarder, et qu'elle semble faite pour l'amour, eh bien, l'amour n'est pas fait pour elle.

LE MARQUIS

En somme, ce serait une magnifique fleur sans parfum.

LE BOULANGER

Vous l'avez dit, monsieur le Marquis ; une merveilleuse fleur sans parfum.

LE MARQUIS

C'est peut-être toi qui es enrhumé.

LE BOULANGER

Moi ? Oh ! pas plus ! Jamais un rhume, jamais une angine. Et puis ce n'est pas ça qui pourrait refroidir une femme... Non, non, votre berger, je n'y crois pas.

LE MARQUIS

Bon. *(Il se lève, il va à la porte, il appelle.)* « Esprit ! Esprit ! Viens ici ! » *(Il revient s'asseoir.)* C'est mon second berger, il va te raconter la chose.

LE BOULANGER

Et d'où est-ce qu'il la sait ?

Entre Esprit. Il a l'air embarrassé.

LE MARQUIS

Où est Dominique ?

ESPRIT

Il est parti.

LE MARQUIS

Avec qui ?

ESPRIT

Scipion.

LE MARQUIS

Et qui encore ?

ESPRIT

La boulangère.

LE BOULANGER

Qui a dit ça ?

ESPRIT

C'est Dominique. Il avait rendez-vous derrière l'église.

LE BOULANGER

Il t'a dit qu'il reviendrait quand ?

ESPRIT

Il a pris ses économies. Il a embrassé son chien. Ça veut dire qu'il ne reviendra pas... Et puis si vous ne voulez pas le croire, il y a Tonin qui les a vus passer au petit jour...

LE BOULANGER *(à voix basse)*

Monsieur le Marquis, si la maison m'était tombée sur la tête, elle m'aurait peut-être tué complètement, mais ça ne m'aurait pas fait autant de mal...

LE MARQUIS

Je te comprends, mon pauvre vieux. Tu ne te doutais de rien ?

LE BOULANGER

Et comment voulez-vous que je me doute d'une chose que même quand on me la dit, je n'arrive pas à la croire ? *(Brusquement.)* Mais non, mais non. Mais que je suis bête d'écouter des histoires comme ça ! Puisque je vous dis que ce n'est pas possible ! Que votre berger soit parti, et que ce voyou vous ait volé un cheval, je le crois puisque vous le dites. Que ma femme soit allée le même jour chez sa mère, ce n'est qu'une coïncidence ! Oh ! évidemment, si elle ne se dépêche pas de revenir, ça va faire parler les gens... Mais nous qui la connaissons bien, nous ne devons pas faire de suppositions pareilles, voyons ! Un peu de bon sens, monsieur le Marquis !

Il se lève.

LE MARQUIS

Eh bien, mon vieux, crois-en ce que tu voudras, mais

moi, du bon sens, j'en ai. Mon berger est parti, je peux m'en passer, il a emmené ta femme, ce n'est pas mon affaire. Seulement, moi, je veux revoir Scipion.

ESPRIT

Dominique a promis de le renvoyer.

LE MARQUIS

Oui. Mais quand, avec sa belle, ils vont se trouver à court d'argent, ils sont capables de le bazarder au premier maquignon venu. Il vaut 12 000 francs, Scipion. Pas un sou de moins.

LE BOULANGER *(absent)*

Une belle bête.

LE MARQUIS

Très belle. Je vais déposer une plainte à la gendarmerie. Mon berger ira en prison. Tant pis pour lui.

LE BOULANGER

Ce sera bien fait.

LE MARQUIS

Seulement ta femme ira aussi, comme complice, et peut-être comme instigatrice.

LE BOULANGER

Ça alors, c'est un drôle de mot ! Mais elle n'y est pour rien, ma femme, monsieur le Marquis !

LE MARQUIS

Mais enfin, Esprit vient de te dire...

LE BOULANGER

Mais je m'en fous, moi, de ce qu'il dit, Esprit. Ce n'est pas l'Esprit-Saint, quand même ! Vous ne voyez pas qu'il est abruti ! Qu'est-ce qu'il peut savoir de ma femme, lui, Esprit ? Va-t'en, berger de malheur, raconteur de boniments, escagasseur de réputations ! C'est à force de regarder tes moutons que tu vois des cornes partout ?

Esprit sort discrètement.

LE MARQUIS

Enfin, moi, j'ai voulu te prévenir : je vais déposer ma plainte.

LE BOULANGER

Il le retient.

Il me semble, monsieur le Marquis, que vous allez un peu vite.

LE MARQUIS

Pourquoi ?

LE BOULANGER

Ce berger est parti depuis cinq ou six heures, et tout de suite vous l'accusez d'être un voleur ! A votre place, j'attendrais un peu.

LE MARQUIS

Toi, tu prends la chose comme tu l'entends, mais moi, je n'ai pas beaucoup de patience. Après tout, moi, je ne suis pour rien dans tout ça. Je perds un berger, je perds un cheval de race, et je ne suis même pas cocu. Alors, je ne prends pas la chose en rigolant...

LE BOULANGER *(lentement)*

Écoutez, monsieur le Marquis, s'ils ne reviennent jamais, ni le cheval, ni le berger, ni Aurélie, je vous donnerai 12 000 francs.

LE MARQUIS

Où les prendras-tu ?

LE BOULANGER

Quand on a tiré sur la pâte pendant vingt ans, on a quand même quelques sous de côté ! Si Aurélie ne revient pas, les sous j'en aurai plus besoin. Et si j'ai la preuve que la beauté de ma femme vous a fait tort d'un beau cheval, je vous le paierai. Attendez deux jours. J'attends bien, moi !

LE MARQUIS

Aimable, tu es un brave homme ! Donne-moi la main. Je suis avec toi. Je suis avec toi. Tu as un ami, boulanger !

LE BOULANGER

Merci bien, monsieur le Marquis. Vous me faites beaucoup d'honneur.

On frappe à la porte. Le marquis demande : Qu'est-ce que c'est ? On entend la voix d'Esprit qui crie : Le cheval est là.

LE MARQUIS

Le cheval est revenu ?

ESPRIT *(est entré)*

Oui, monsieur le Marquis.

LE BOULANGER *(pâle)*

Tout seul ?

ESPRIT

Tout seul.

DEVANT LA BOULANGERIE

Il y a tous les camarades et, au milieu de la rue, Scipion, qu'Antonin tient par la bride, Mlle Angèle est dans le groupe, et elle pérore.

MLLE ANGÈLE

C'est un paysan que je ne connais pas. Il est venu jusqu'au milieu de la place, il a attaché la bête à un arbre et il est reparti.

L'INSTITUTEUR

Cet homme-là, est-ce que vous pourriez le reconnaître ?

MLLE ANGÈLE

Non, monsieur l'Instituteur... D'abord, il était assez loin de moi. Et ensuite, je ne regarde pas les hommes.

ANTONIN *(joyeux)*

Et vous avez bien raison, parce que les hommes ne vous regardent pas.

La messe sonne, Mlle Angèle qui allait répondre s'écrie : « Mon Dieu ! La grand-messe ! » Et elle part en courant. Le boulanger sort sur la porte et s'approche du cheval.

LE BOULANGER

Alors, c'est ça, Scipion ?

ESPRIT

Oui, c'est ça.

LE BOULANGER

C'est ça, le cheval qui a soi-disant emporté ma femme ? *(Il le regarde longuement.)* Non.

LE MARQUIS

Pourquoi non ?

LE BOULANGER

Il n'a pas une tête à ça. Non.

ANTONIN

Écoute, boulanger, nous comprenons très bien...

LE BOULANGER *(dans une explosion)*

Non, non, vous ne comprenez rien, et puis foutez-moi la paix ! Mes affaires ne regardent que moi ! Et puis, ne restez pas là à me faire perdre mon temps ! J'ai brûlé ma fournée, je suis en retard. Je veux vous faire du pain pour midi. Allez vous traînasser au *Cercle,* et laissez-moi travailler tranquille.

Il rentre brusquement.

ANTONIN

Il est pas bien.

CASIMIR

Oui, il me fait l'effet tout drôle.

ESPRIT

Il dit que ce n'est pas vrai.

LE MARQUIS

Il ne veut pas le croire.

L'INSTITUTEUR

Pensez-vous !

LE MARQUIS

Je ne vous dis pas qu'il ne le croit pas. Je dis qu'il ne veut pas le croire.

DANS LA BOULANGERIE

Le boulanger rentre. Il est perplexe. Il prend et quitte mécaniquement des objets dont il ne fait rien. Il erre. Il regarde le trousseau de clefs... Il prend un seau et le vide dans le pétrin : un flot d'ordures et de papiers froissés en tombe. Il murmure : Qu'est-ce que je fais ?

Il pousse un grand soupir. Il murmure : Ce n'est pas possible qu'elle soit partie... Elle va venir à la grand-messe.

Il réfléchit longuement. Les cloches de l'église sonnent le troisième coup de la messe.

AU CERCLE

Dans la grande salle du Cercle, *un petit groupe est assis autour d'une table. Casimir verse les apéritifs.*

CASIMIR

Cette fois-ci, dans le pain, on trouvera peut-être plus de cigare. Mais on risque d'y trouver des cornes...

Rires.

L'INSTITUTEUR

Il est curieux de constater qu'un mari trompé par sa femme est toujours un sujet de conversation assez comique ! Pourquoi ?

ANTONIN

Parce que c'est rigolo !

BARNABÉ

Moi aussi, ça me fait rire, qu'est-ce que vous voulez... Cet homme-là qui s'amène, tout fier de sa femme, et la garce qui s'en va le premier jour, avec un berger piémontais, et lui qui ne veut pas le croire... Je ne dis pas que ça soit tordant, mais enfin, quoi, ça porte à rire... C'est joyeux.

MAILLEFER *(qui prépare des crins et des hameçons)*

En tout cas, tout le monde ne parle que de ça, surtout les femmes... Elles en ont parlé même devant le curé ! Et tant pis pour le boulanger : c'est un couillon.

DANS L'ÉGLISE

Il y a tous les enfants du village, beaucoup de femmes et quelques hommes. Le jeune prêtre est en chaire.

LE JEUNE PRÊTRE

Et maintenant, mes chers amis, laissez-moi vous parler d'un petit événement local, qui présente pour notre chère paroisse une certaine importance. J'ai entendu, bien malgré moi, les commentaires de toutes nos paroissiennes qui se racontaient le scandale du jour sous le porche même de l'église, et tout, dans leur voix, dans leur ton, dans la couleur de leur visage, prouvait qu'elles prenaient à ce scandale un intérêt passionné.

A ce moment, le boulanger entre discrètement. Il a mis son costume des dimanches et il reste près de la porte.

Eh bien, non, mes amis, non. Cet incident déplorable ne doit pas occuper toutes les pensées. Mais puisqu'il me paraît que toutes mes ouailles sont informées de l'accident, tant vaut-il que je l'évoque ici, non point par un esprit de commérage qui, vous le savez, n'est pas dans mon cœur, mais pour en tirer peut-être une profitable leçon.

Lorsque Monseigneur me fit l'honneur de me confier cette paroisse, je m'aperçus dès mon arrivée que la grand-messe du dimanche réunissait moins de fidèles que les messes matinales de la semaine. Je fus donc très douloureusement surpris. Mais plusieurs de mes pénitentes me confièrent que, si elles ne venaient pas à l'église le dimanche, c'était parce que leurs maris le leur défendaient, et que le dimanche matin, réunis pour des parties de boules devant le saint lieu, ils auraient pu les voir passer — tandis que les jours de semaine, ces craintives brebis pouvaient venir en cachette se réfugier auprès du Bon Pasteur.

Aujourd'hui mes amis, voici le signe, voici la leçon. Cette femme qui est partie, cette femme qui a quitté un mari honnête et travailleur, un mari pour qui nous avons tous une profonde estime — cette femme — qui était ici depuis plusieurs jours — cette femme n'était pas venue une seule fois à la messe. Espérons que Dieu, avec sa bonté coutumière, lui inspirera un prompt dégoût de son péché, qu'elle passera le reste de ses jours à le regretter, et qu'elle finira par l'effacer, par la confession, le repentir et la prière.

Le boulanger écoute avec recueillement et hoche la tête de temps à autre en signe d'approbation.

Mais ne perdons pas un précieux enseignement. Maris tyranniques ! Maris impies, maris aveugles, vous n'êtes pas ici, mais ma parole vous atteindra. Que cette tragédie vous serve de leçon. Sachez que toute femme a besoin d'un berger. Si vous empêchez ces faibles ouailles de se réfugier auprès du Berger des âmes, elles s'envoleront avec un berger de moutons, un berger maudit du Seigneur, un berger qui dévore le cœur de ces innocentes brebis. Si du moins ce ravisseur malhonnête vous fait enfin comprendre vos devoirs, je dirai que cette histoire scandaleuse est un grand bienfait pour la paroisse.

Ici, le boulanger n'approuve plus du tout, bien au contraire, et il ouvre de grands yeux stupéfaits.

Nous devrons tous nous en réjouir, et il nous faut remercier Dieu de cet avertissement salutaire.

Le boulanger dégoûté met son chapeau et sort. Il traverse la partie de boules. Comme il allait se diriger vers le Cercle, *sur le seuil de l'église, il rencontre le Papet dans son costume des dimanches. Le Papet l'appelle.*

LE PAPET

Dis, boulanger, ce matin, au jardin, tu m'as demandé si j'avais vu ta femme ?

LE BOULANGER

Oui. Tu l'as vue ?

LE PAPET

Non, ta femme, je la connais pas, je ne l'ai pas vue. Mais ta sœur, je l'ai vue.

LE BOULANGER *(stupéfait)*

Tu as vu ma sœur ?

LE PAPET

Oui, la jolie, celle qui vend le pain... Je l'ai vue, mais pas au jardin. C'était ce matin, vers quatre heures et demie. Je passais juste ici, c'est l'endroit qui me fait rappeler. Tu es parent avec le berger du marquis ?

LE BOULANGER *(sombre)*

J'en ai bien peur.

LE PAPET

Parce que ta sœur était là, avec lui, sur un cheval. Et ils s'embrassaient d'une force terrible. Je me suis dit : « Ils sont parents, et peut-être qu'ils ne se sont pas vus depuis longtemps ! Ou alors s'ils ne sont pas parents, peut-être qu'ils se fréquentent. » Alors j'ai pas fait de bruit... Tu le savais, toi, qu'elle fréquentait, ta sœur ?

LE BOULANGER *(tout rouge)*

Ce sont des choses bien naturelles...

LE PAPET

Ah ! je comprends que c'est naturel... Et puis vois-tu ça fait plaisir à la jeunesse, et ça ne fait du tort à personne...

Le boulanger s'en va sans mot dire.

LE PAPET

J'ai peut-être trop parlé ! Il y en a qui sont jaloux de leur sœur...

À LA TERRASSE DU CERCLE

Il n'y a personne. Le boulanger s'avance et il s'assoit. Il frappe sur la table. Une jeune fille sort.

LE BOULANGER

Une bouteille de Pernod.

LA PETITE

Vous voulez dire un Pernod ?

LE BOULANGER

Non. Une bouteille.

LA PETITE

Une demi-bouteille ?

LE BOULANGER *(violent)*

Non ! Une bouteille d'un litre ! Et un arrosoir d'eau filtrée ! Un arrosoir, tu as compris ! C'est pour BOIRE.

La petite rentre, inquiète, étonnée.

À L'INTÉRIEUR DU CERCLE

Il y a toujours Antonin, Barnabé, Casimir, Pétugue et Maillefer. La petite Hermine entre.

HERMINE

Il y a le boulanger à la terrasse ; il a une drôle de tête. Il veut un litre de Pernod et un arrosoir d'eau.

CASIMIR

Un arrosoir ? Pour arroser quoi ?

HERMINE

Pour arroser le Pernod.

BARNABÉ

Son histoire a dû lui taper sur le cigare. Il veut se soûler.

CASIMIR

Ça se défend.

PÉTUGUE

Mais il faudrait pas qu'il se tue.

BARNABÉ

Venez, on va lui parler.

ANTONIN *(affectueux)*

On va lui doser sa cuite.

Ils se lèvent tous et sortent.

À LA TERRASSE DU CERCLE

Ils sortent. Le boulanger ne relève même pas la tête. Il essaie de rouler une cigarette.

BARNABÉ

Ho ! boulanger, à ce qu'il paraît que tu as soif ?

CASIMIR

Une bouteille d'un litre ! Dis donc, tu n'y vas pas de main morte !

LE BOULANGER *(doucement)*

Ce n'est pas que j'aie tellement soif. Non, je n'ai pas vraiment soif... Seulement, je pense à tout ça, tu comprends ? Et puis, je viens de rencontrer le Papet : il a vu ma femme, ce matin, qui partait avec le berger... Il est gâteux, le Papet, mais enfin ça fait le troisième témoin... Alors, on a beau avoir du bon sens et de la confiance, on finit quand même par s'imaginer des choses... *(Il se touche le front.)* Ça tourbillonne tout, là-dedans. Alors, je me suis dit : « Je vais boire un grand coup pour être gai. » Ça vaut mieux que d'aller se noyer.

Il sourit tristement.

ANTONIN

Tu as raison, va, boulanger... Prends la cuite, ça te soulagera... Hermine, apporte-lui son litre, nous irons le coucher après.

LE BOULANGER

Je suis été deux fois à la messe aujourd'hui. Et la deuxième fois, le curé a parlé de ma femme. La pécheresse, la dévergondée, l'avertissement du Seigneur, et patin-couffin. Lui, il trouve que c'est très bien comme ça. Il dit que c'est un bon exemple pour les autres maris du village.

ANTONIN

Oh ! il est fou, ce curé ! Moi je l'ai dit le premier jour.

CASIMIR

Au fond, l'idée qu'on peut perdre sa femme en sachant qu'elle n'est pas malheureuse, ça serait plutôt encourageant.

LE BOULANGER

Il dit que les autres maris, ça va les faire réfléchir. Ma foi, moi, c'est à moi que le malheur est arrivé, ça ne m'a pas fait réfléchir du tout. Au contraire, ça m'empêche...

Il boit son premier Pernod d'un trait.

A la vôtre !

Maillefer sort du Cercle, *joyeux, avec son attirail de pêche.*

MAILLEFER

Bonjour, boulanger...

LE BOULANGER

Bonjour, Maillefer...

MAILLEFER

Alors boulanger, tu es cocu ?

LE BOULANGER

Moi ? Oh ! que non ! Ça, c'est un mot rigolo, un mot pour quelqu'un de riche... Moi, si c'était vrai, je ne serais pas cocu, je serais malheureux. Ce n'est pas pareil, tu comprends ?

Il boit encore un grand verre.

A la tienne, Maillefer !

CASIMIR *(consolant)*

Va, va, ils reviendront d'ici trois ou quatre jours.

ANTONIN

Mais c'est forcé ! Quand on n'a pas d'argent, hein ?

Et voici Miette qui s'avance avec son filet à provisions.

MIETTE

Dites, Aimable, à quelle heure il sera prêt, le pain ?

LE BOULANGER *(étonné)*

Le pain ? Quel pain ?

MIETTE

Notre pain. Le pain que vous faites.

LE BOULANGER

Ah ! Du pain, il n'y en a pas.

CASIMIR

Tu n'as pas fait la deuxième fournée ?

LE BOULANGER *(simplement)*

Non.

ANTONIN

Peuchère ! Il n'a pas eu la force...

LE BOULANGER

Oh ! la force, je l'aurais eue. Mais j'ai pas eu l'envie.

CASIMIR

Tu en feras cet après-midi ?

LE BOULANGER

Ni cet après-midi, ni demain, ni après-demain, ni jamais... Moi, c'est pour ma femme, que je pétrissais. Je faisais d'abord son pain, pour elle ; et après, puisque j'y étais, je faisais celui des autres. Et celui des autres, ce n'était pas du pain, c'était de l'argent pour elle. Tu me comprends ? Mais maintenant, si elle est partie, eh bien, du pain, j'en ferai plus.

MAILLEFER

Alors, à cause de ta femme, nous allons tous manquer de pain ?

LE BOULANGER *(doucement)*

Maillefer, on ne peut pas faire plusieurs choses à la fois. On ne peut pas être en même temps cocu et boulanger. A la tienne, Maillefer...

Il boit encore. On voit, au fond de la place, la sortie de la grand-messe.

DANS LA SALLE À MANGER DU PRESBYTÈRE

Le curé est debout en face du marquis. Il dit le bénédicité. Puis tous deux s'assoient. Sur la table, il y a une énorme truite dans un plat et plusieurs bouteilles couvertes de poussière.

LE CURÉ

Il reprend la conversation que le bénédicité a interrompue.

Je me demande même s'il serait souhaitable qu'elle revînt.

LE MARQUIS

Je suis persuadé que nous ne la reverrons jamais. Il y a des unions mal assorties qui, tôt ou tard, se terminent par quelque désastre.

LE CURÉ *(pensif)*

Je lui souhaite, évidemment, un prompt repentir. Mais j'aimerais assez qu'elle ne vînt pas se repentir ici.

LE MARQUIS

Pourtant. Dieu pardonne toujours, et il nous ordonne de pardonner.

LE CURÉ

Dans un petit village comme le nôtre, je ne sais pas si le pardon ne ferait pas courir un grand danger à la paix des autres ménages.

LE MARQUIS

Il est certain que pour des âmes simples, le pardon devient une sorte d'approbation du mal.

LE CURÉ

Exactement. Voilà pourquoi, tout en priant pour elle, j'aimerais bien qu'elle allât se faire pardonner ailleurs ! Céleste a oublié le pain. *(Il appelle.)* Céleste ! Céleste ! le pain ! notre pain !

LE MARQUIS

C'est un fait que le pain du nouveau boulanger est extraordinaire.

LE CURÉ

Je ne sais pas si c'est parce que nous avons dû manger du pain dur — ou du moins rassis— pendant deux mois, mais notre pain frais est véritablement un régal ! Vous ne trouvez pas ?

LE MARQUIS

Hier j'en ai mangé si volontiers qu'il faudra peut-être que je m'en confesse...

LE CURÉ *(ravi)*

Voyez là, monsieur le Marquis, la simplicité et la grandeur de nos prières. Elles ne demandent pas au Ciel de l'or, ni des diamants ni des grades. Elles demandent du pain : « Donnez-nous aujourd'hui notre pain quotidien. » Il y a cependant une autre nourriture qui est indispensable à l'homme, et que nos prières ne demandent pas : c'est l'eau. Je ne comprends pas pourquoi, dans le Pater, le chrétien ne demande pas à Notre-Seigneur l'eau quotidienne.

Il se verse un grand verre de bourgogne.

LE MARQUIS *(qui remplit son verre à son tour)*

C'est peut-être parce que Dieu nous l'a donnée en abondance et que nous n'en manquons jamais. A votre santé, monsieur le Curé.

Ils boivent. Céleste paraît sur la porte. Elle porte un pain carbonisé.

LE CURÉ

Eh bien, Céleste ? Et le pain ?

CÉLESTE *(navrée)*

Le voilà, monsieur le Curé. C'est tout ce que j'ai pu trouver. Toute la fournée a brûlé.

LE CURÉ

Comment cela ?

CÉLESTE

Et le boulanger ne veut plus en faire ! Il dit qu'il n'en fera jamais plus tant que sa femme ne reviendra pas.

LE MARQUIS

Eh bien, il ne manquait plus que ça !

LE CURÉ

Tant il est vrai que le péché amène toujours quelque malheur.

CÉLESTE

Et en plus, il s'est soûlé comme un cochon, sauf votre respect. Il rit, et il pleure, et il parle en même temps.

LE CURÉ

Ça doit être curieux à voir.

CÉLESTE

Et même, à propos de sa femme, il parle de M. le Curé.

LE CURÉ *(alarmé)*

Et que dit-il ?

LE MARQUIS

Hé ! Hé ?

CÉLESTE

Il croit que ça vous fait plaisir qu'elle soit partie.

LE CURÉ

Oh !

CÉLESTE

Il était au sermon, ce matin. Il a peut-être mal compris.

LE CURÉ

Il a certainement mal interprété mes paroles. Il faut aller le calmer, monsieur le Marquis. Malheur à celui par qui le scandale arrive... Il faut le ramener chez lui...

CÉLESTE

Oui, et en même temps, dans sa boulangerie, regardez un peu, sur les étagères, près du four. Vous trouverez peut-être un pain, qui sait ?

DEVANT LE CERCLE

On voit un groupe nombreux et on entend des éclats de rire. Il y a des femmes, des enfants, des hommes. Au centre, le boulanger, adossé à l'acacia, parle à l'instituteur qui essaie de le raisonner.

LE BOULANGER

Monsieur l'Instituteur, quelquefois on croit qu'une personne vous parle, et puis pas du tout ; elle chante pour quelqu'un d'autre. Est-ce que vous me comprenez ?

L'INSTITUTEUR

Parfaitement. Viens avec moi.

LE BOULANGER *(poli)*

Non, merci. Tenez : un jour, à la foire, j'ai vu un monsieur, je ne le connaissais pas ; il me faisait bonjour avec la main et, en même temps, un gracieux sourire. Alors, je lui réponds, et il prend l'air très étonné. Et c'est LUI qui avait raison. Parce que son « Bonjour » n'était pas pour moi. Il était pour une belle dame, qui était derrière moi. Voilà le danger. Le danger d'ACCIDENT. Et c'est un genre d'accident qui arrive énormément. *(Il se tourne vers les enfants qui écoutent en riant.)* Mes enfants, prenez-en de la graine, et cultivez-la dans la pépinière. *(À l'instituteur.)* On devrait leur apprendre ça au catéchisme. *Amen.*

Il les bénit.

L'INSTITUTEUR *(persuasif)*

Allons, boulanger, tout ce que vous dites est charmant, mais vous ne savez pas ce que nous devrions faire ? Nous devrions aller chez vous, et là, dans de bons fauteuils, nous pourrions boire encore un coup.

ANTONIN

Ah ! oui. Ça c'est une idée !

CASIMIR *(enthousiaste)*

Une bonne idée !

L'INSTITUTEUR

Qu'en dites-vous ?

LE BOULANGER

Il se relève et regarde au loin.

Je dis que voici M. le Marquis qui s'amène avec notre charmant petit prêchi-prêcha. *(Il s'avance vers eux.)* Bonjour, monsieur le Marquis ! Monsieur le Curé, je suis charmé de vous voir, je suis même très honoré. M. le Curé n'est pas boulanger, et ça se voit ! *(Au marquis.)* Mais il n'est pas cocu non plus, quoique, ces choses-là, on n'en sait jamais rien. Moi, c'est Maillefer qui me l'a dit.

LE CURÉ

Il lui met la main sur l'épaule.

Venez, mon ami.

LE MARQUIS

Il le prend de l'autre côté.

Venez avec nous...

LE BOULANGER *(avec fermeté)*

Je dis « Non ». Ce n'est pas pour vous vexer, monsieur le Marquis. Oh ! pas du tout ! Vous, homme plein de noblesse, homme plein de bonté, homme respecté par toutes les populations, je vous salue, je vous estime et, surtout, je vous respecte TROP pour laisser dire du mal de TOI. C'est tout, le contraire. *(Il se tourne vers le cercle d'enfants.)* Mes enfants, regardez-le bien : avec sa bonne gueule ronde, et qui semble un beau pain de six livres, voilà un homme qui fait plaisir à voir. Ah ! des marquis comme le nôtre, ils n'en ont pas en Angleterre !

LE MARQUIS

Merci, boulanger. Tu es trop aimable !

ANTONIN *(qui le pousse doucement par-derrière)*

Maintenant, tu devrais venir te coucher.

LE CURÉ

Je crois qu'Antonin a raison.

LE BOULANGER

Au contraire, monsieur le Curé. Je crois qu'il a parlé trop vite ; parce que, pour une fois que je prends la cuite, il faut en faire profiter tout le monde ! A propos, monsieur le Marquis, savez-vous chanter en italien ?

LE MARQUIS

Non. Pourquoi ?

LE BOULANGER

Parce que c'est une chose importante.

Il pivote brusquement, et part en courant vers le parapet sur lequel il grimpe, soutenu par quelques paysans. Il se tient au tronc de l'acacia.

Écoutez ceci !

Il tousse pour s'éclaircir la voix. Puis il imite un accompagnement de guitare.

Bloum, bloumbloumbloum...

Il chante sur un air qui rappelle vaguement la sérénade du berger.

Lo boulangièro
Il dormait dé grandé fatigua
Mais le bergièro
Il chantait avec la guitara...
Ah ! bella femma,
Que tou mé plais, que tou es ravissanta
Vieni garda
Lei moutoni avecco moi.

Sur le dernier mot, il fait une vocalise langoureuse.

Et voilà. *(Il descend péniblement le parapet et va au marquis.)* Ça n'a l'air de rien. Mais le lendemain matin, au galop, au galop... Vas-y Scipion ! Au galop ! Et maintenant, une parenthèse : il faut que j'explique une chose à Maillefer. *(Il prend Maillefer par un bouton.)* Tu m'as dit que j'étais cocu : bon. C'est un grade qui n'est pas pour toi. Tu pourrais suivre toute ta vie le peloton des élèves cocus, tu n'y arriveras jamais, parce que, pour y arriver, il faut avoir une jolie femme. Tandis que la tienne, pauvre Maillefer, elle a plus de poils au menton que de rose au bout des tétons !

Il rit à s'étouffer.

MIETTE *(indignée)*

Mais faites-le taire, qu'il déparle...

CÉLESTE

Il y a des enfants qui écoutent !

MLLE ANGÈLE

Des enfants et des jeunes filles.

ANTONIN

Les jeunes filles peuvent s'en aller toutes seules.

LE BOULANGER *(tendrement, à Mlle Angèle)*

Allez-vous-en, jeune fille.

LE CURÉ

Faites partir les enfants tout de suite. *(Mlle Angèle, Céleste, Miette chassent les enfants, qui vont s'établir un peu plus loin.)* Écoutez-moi, boulanger... Un peu de pudeur à cause des enfants...

LE BOULANGER *(à voix basse)*

Ah ! ne me parlez pas des enfants ! Si j'avais pu lui en donner un, le malheur ne serait pas arrivé.

LE CURÉ

Venez, mon ami... Nous allons justement vous parler de vos malheurs : mais pas en public, entre nous.

LE BOULANGER *(subitement calmé, le suit docilement. Et tout en marchant, il parle)*

C'est ça, entre nous. Eh bien, entre nous, ça devrait être défendu de parler italien, et surtout de CHANTER en italien. Parce que je vais vous dire : les hommes ne le comprennent

JAMAIS, et les femmes le comprennent TOUJOURS. Vous y êtes ?

LE CURÉ

Il veut l'entraîner.

Pas tout à fait.

LE BOULANGER

Il chante.

VIENI GARDA LEI MOUTONI AVECCO MOI. BLOUM, BOLOUM-BOUM, BLOUMB... Ce n'est pas plus difficile que ça. *(Il reprend sa marche, soutenu par le curé et le marquis. Antonin le pousse par-derrière.)* Et le matin au petit jour, quand on lui porte le café au lit, on ne trouve qu'un traversin, et ça fait un mystère de plus. *(Brusquement confidentiel.)* D'ailleurs le pape, qui est italien, ne parle pas en italien. Il parle latin, je le sais. Et pourquoi ? Parce que c'est un saint homme, il ne veut pas que les femmes le suivent. Il est trop honnête pour ça. *(Un silence. Il fait quelques pas. Il s'arrête, il se retourne vers Antonin.)* Qui aurait dit qu'elle comprendrait l'italien ? C'est un monde ! Un monde !

LE CURÉ

Venez, mon fils, venez. Venez...

Le boulanger le suit avec Antonin et Barnabé.

LE BOULANGER *(qui titube légèrement)*

D'ailleurs, il ne faut rien prendre au tragique. Mais figurez-vous qu'en ce moment, j'ai énormément de soucis. J'ai pour ainsi dire des inquiétudes maritales. Vous me comprenez ?

LE CURÉ

Fort bien.

Il l'entraîne.

LE BOULANGER

Bon. Nous sommes d'accord. Ce matin, vous m'avez eu de deux messes et d'un sermon. Les deux messes, c'était réussi. Excellentes messes. Les deux se ressemblaient un peu : c'est naturel, oublions-le et disons que pour la messe, il est imbattable. Un champion !

LE CURÉ

J'espère que ces messes vous ont fait du bien.

LE BOULANGER *(enthousiaste)*

Un bien immense. Seulement *(d'un ton plein de reproche)* le sermon ? Dites, le sermon sur la pécheresse ? Franchement ?

LE CURÉ

Le sermon vous a choqué ?

LE BOULANGER *(les yeux au ciel)*

Navré. Désolé. Dévasté. Vous n'avez pas compris qu'avec les femmes, il faut s'attendre à tout. Mais avec les bergers ? Si nous parlions un peu des bergers ? Vous lui dites : « Tiens, je te donne une fougasse. » Et lui, il prend tout. Il vous prend tout, là, comme ça. Ah ! les bergers, croyez-moi, c'est bien égoïste... Enfin... Je vous disais donc... Je vous disais donc... *(Brusquement, il fond en larmes, il tombe à genoux, et dit d'une voix désespérée)* Pourquoi elle est partie comme ça ? Pourquoi ? Vous le croyez, vous, qu'elle est chez sa mère ?

LE MARQUIS

Et pourquoi pas ?

LE BOULANGER

Elle irait chez sa mère à cheval, maintenant ?

ANTONIN

Pleure pas, boulanger... Viens te reposer... Viens...

Ils arrivent sur le seuil de la boulangerie.

LE BOULANGER *(blême)*

Pas dans la chambre, au moins ?

ANTONIN

Non, non... Dans le fournil... Dans ton pétrin du fournil...

LE BOULANGER

Comme ça, c'est possible. Oui... Tu iras un peu dans la chambre pour voir si des fois elle n'y est pas...

Ils entrent tous dans la boulangerie. Barnabé reste sur la porte, et empêche d'entrer tout un groupe qui a suivi.

BARNABÉ

Allez ! Foutez le camp, vous autres ! Ne restez pas là à le regarder comme une bête curieuse !

MAILLEFER

Alors, notre pain est encore foutu.

MIETTE

Je vous assure que ce berger si je le tenais...

FINE

Ah ! oui, alors ! D'affamer tout un village, dites !

MLLE ANGÈLE *(avec un immense mépris)*

Et pourquoi, je vous le demande !

CASIMIR

Moi, je trouve qu'il prend trop la chose au tragique. L'amour, évidemment, c'est intéressant. Mais ça ne doit pas empêcher le travail !

L'Angélus de midi sonne.

Allez, bonnes gens, il est midi, rentrez chez vous.

DANS LE FOURNIL

Le boulanger est couché dans son pétrin. Derrière lui, il y a Antonin ; de part et d'autre, le prêtre et le marquis sont debout.

LE BOULANGER

Monsieur le Marquis, je vous le demande : comment voulez-vous que je fasse du pain ? C'est mon levain qui est parti... Alors ?

LE MARQUIS

Je te comprends, boulanger.

LE CURÉ

Mais, pour le moment, vous devriez dormir un peu.

LE BOULANGER *(lointain)*

Tu parles de dormir comme s'il n'y avait qu'à fermer les yeux... Il n'y a pas que ça... Et puis, si je ferme les yeux, je vois trop de choses.

LE CURÉ

Écoutez-moi. Vous avez l'estime de tout le village.

LE BOULANGER

Oui.

LE CURÉ

Vous faites un pain délicieux.

LE BOULANGER

Oui, ça je m'en flatte.

LE CURÉ

Votre femme, par une erreur tout à fait incompréhensible, vous quitte.

LE BOULANGER

Oui. Incompréhensible. Me quitte.

LE CURÉ

Pourquoi blasphémer ? Ne sentez-vous pas que la méditation et la prière sont les seuls remèdes à votre malheur ?

LE BOULANGER

Mais la prière, c'est quand on a fait des péchés. Est-ce que j'ai fait du mal, moi ? A qui ? Quand ? Alors, parce que le bon Dieu a permis que ma femme s'envole avec un gardien de moutons, il faut que ça soit moi qui demande pardon ? Vous savez, le bon Dieu, je le respecte. Mais à partir d'aujourd'hui il m'en doit. Oui. Il m'en doit.

LE MARQUIS

Que cette femme soit partie, ce n'est un crime que pour elle, c'est certain.

ANTONIN

Ça, ça crève les yeux.

LE CURÉ

Et puisque vous avez la conscience pure, réfugiez-vous auprès du Seigneur : il vous donnera tout ce qu'il ne vous doit pas.

LE BOULANGER *(à Antonin)*

Oh ! pardi, lui, il en parle à son aise ! Vous ne risquez rien, vous... Votre bon Dieu ne s'en ira pas... Il est cloué sur une croix... Mais moi, le mien, il est parti...

LE CURÉ

Vous blasphémez encore, mon fils...

LE BOULANGER

Va, ne m'appelle pas ton fils, puisque j'ai l'âge d'être ton père... Tu es jeune. Tu es prêtre... Tu parles de choses que tu ne connais pas... Je te souhaite de ne les connaître jamais. Sainte Cécile, c'est la patronne de notre village. Elle est belle, elle est pure, elle est douce... C'est une sainte... Si on te disait qu'elle est partie avec un berger, qu'est-ce que tu dirais ?

LE CURÉ *(avec violence)*

Je dirais que c'est absurde et sacrilège !

LE BOULANGER *(doucement résigné)*

Eh bien ? Et moi ? Qu'est-ce que je dis ? Je dis qu'elle est chez sa mère. *(Il se tourne vers le marquis.)* Vous comprenez, il est très jeune, il n'a pas touché la vie.

Le boulanger pousse un grand soupir. Antonin lui met un oreiller sous la tête.

ANTONIN

Repose-toi, boulanger. Maintenant que tu as la bonne cuite, endors-toi pour une heure ou deux. Tu verras, en te réveillant, tu comprendras mieux.

Il le couche avec une grande amitié.

LE BOULANGER

Il flaire l'oreiller.

Cet oreiller, je sais où tu l'as pris. Quand elle avait seize ans, elle avait des seins comme des oranges. Et maintenant, ils sont vivants comme des pigeons... Et ses bras ! L'odeur de ses bras...

LE CURÉ

Taisez-vous ! C'est abominable !

LE BOULANGER

Oh ! que non, que c'était pas abominable... L'odeur de sa tête sur l'oreiller... Une nuit, il y a longtemps, un rêve lui avait fait peur — et elle pleurait en dormant. Tout à coup, elle s'est jetée sur moi. Elle a mis sa figure sur mon épaule, et elle a dormi là, là, avec ses cheveux chauds dans mon cou... Et maintenant, je suis tout seul... Et même, je suis dans le pétrin... Vous voyez, monsieur le Marquis, comme on a raison quand on dit de quelqu'un : « Il est dans le pétrin. » Vous voyez : je suis dans le pétrin... Et un pétrin où on ne pétrit plus... Parce que je dis : « Elle est chez sa mère », mais je commence à me douter qu'elle n'y est pas.

LE CURÉ

N'avez-vous, vous-même, aucun tort ? Avez-vous toujours été un bon mari ?

LE BOULANGER

Oh ! que non ! Je suis vieux, je prends du ventre, c'est une injustice terrible pour elle. Parce qu'elle, c'est mon idéal, et moi, je ne suis pas le sien... Maillefer me dit que je suis cornard : c'est vrai et ce n'est pas vrai. Écoutez, mon père, une femme aussi belle et aussi jeune qu'elle, ça doit avoir un mari superbe : jeune, musclé, jeune, bronzé, jeune, intelligent, jeune... Eh bien, son mari, c'est moi ! Ça veut dire que j'ai eu de la chance, une chance de cocu. Lequel est-ce qui est trompé ? Ce n'est pas moi : c'est le beau jeune qui la méritait. On dit qu'elle me trompe avec le berger. Pas du tout. C'est moi qui, depuis cinq ans, ai trompé le berger avec elle ! Alors, de quoi je me plaindrais ?

Il retombe sur son lit. Il appelle : « Tonin ! »

ANTONIN

Oui.

LE BOULANGER *(doucement)*

Tu ne trouves pas qu'elle devrait revenir ?

ANTONIN

Mais oui, je trouve, et je suis sûr qu'elle reviendra...

LE BOULANGER

D'abord, c'est pour sa santé. Cet homme-là ne va pas s'occuper d'elle ! Il va la laisser prendre froid... Sur un cheval volé, à quatre heures du matin ! Aurélie, Aurélie, où tu es ? Couvre-toi au moins...

Il s'est couché, il ferme les yeux. Un silence. Le prêtre prie. Antonin se penche vers lui.

ANTONIN

Allez manger, monsieur le Curé, je le garde. Il en a au moins pour deux heures : c'est moi qui lui ai dosé les Pernod.

LE CURÉ

Il se lève.

C'est vrai que nous avons les vêpres.

LE MARQUIS *(à Tonin)*

Je vais organiser les recherches. Si tu as besoin de moi, fais-moi appeler au presbytère.

ANTONIN

Oui, monsieur le Marquis, merci.

Ils sortent. Tonin revient près du boulanger. Aimable semble dormir. Et tout à coup, il parle à voix basse : « Tonin ! »

ANTONIN

Oui.

LE BOULANGER

Fais bien attention que la porte reste ouverte.

ANTONIN

Bon.

LE BOULANGER *(à voix très basse, et les yeux clos)*

Je vais te dire pourquoi. Mon père avait une poule faisane, dans son poulailler. Elle ne servait à rien, mais il l'aimait. Va chercher pourquoi ! Dieu le sait, parce qu'il sait tout. Un soir, comme d'habitude, on a fermé le poulailler. On n'a pas vu qu'elle n'était pas rentrée. Alors, quand elle est revenue, elle a été forcée de rester dehors, et tu sais ce qui est arrivé ? Le renard l'a dévorée... Laisse la porte ouverte, Tonin...

Il s'endort.

LE LONG D'UNE RUE

Le jeune prêtre marche à côté du marquis et il parle d'une voix assez basse.

LE CURÉ *(pensif)*

J'avoue que je suis effrayé, effrayé — véritablement effrayé — par cette scène atroce.

LE MARQUIS

Oh ! Pas atroce. Humaine, tout simplement.

LE CURÉ

Cet homme-là n'avait rien d'humain.

LE MARQUIS

Au contraire. Il était, dans sa folie, toute la faiblesse des hommes. Il souffrait.

LE CURÉ

Mais de quoi souffrait-il ?

LE MARQUIS

De l'amour qu'il a pour sa femme.

LE CURÉ

Mais l'amour d'une femme peut-il causer de tels ravages chez un être raisonnable ?

LE MARQUIS

Les êtres raisonnables, comme vous dites, n'ont pas seulement une âme immatérielle. Ils ont aussi un cœur en viande. Pour vous, évidemment, l'amour physique n'est qu'un péché, connu, classé, catalogué, et vous punissez selon le tarif ceux qui ont goûté aux joies de la chair. Eh bien, les joies de la chair, vous venez de les voir, et vous avez pu constater qu'elles portent en elles-mêmes leur punition. Le boulanger vous a fait peur.

LE CURÉ

Eh oui ! Quand je l'ai vu torturé de la sorte, je me suis dit tout à coup : « Mais c'est une véritable maladie. Une maladie aussi soudaine que le choléra, ou la peste, ou la rage ! Et une maladie, tout le monde peut l'attraper ! »

LE MARQUIS

Cela dépend du terrain.

LE CURÉ

Je crains qu'il ne suffise d'être un homme. Oh ! je ne veux pas dire que j'ai des visions dans le genre de celles qui martyrisèrent notre grand saint Antoine. Je ne suis sans doute pas assez vertueux pour tenter le diable. D'autre part, ma vocation est solide. Je sens que je n'ai pas besoin d'enfants, puisqu'on me donne tous ceux d'un village. D'autre part, la direction de quelques âmes troublées, les consolations aux malades et le dévouement aux pauvres sont de bien belles occupations qui me donnent de grandes joies, et qui suffisent à remplir une vie.

LE MARQUIS

Je sais, monsieur le Curé, que vous êtes un bon prêtre, et Monseigneur le sait aussi...

LE CURÉ

C'est précisément parce que je me sens installé, pour ainsi dire, dans mon bonheur de prêtre, que la scène de tout à l'heure m'a bouleversé. Comme le capitaine d'un navire qui verrait un autre navire éventré sur un rocher, et qui se dirait : « Ma carène n'est pas plus épaisse que la sienne, mon gouvernail n'est pas plus grand, mes cartes ne sont pas meilleures... Moi aussi, je pourrais me briser sur un roc... »

LE MARQUIS

Mon cher ami, pour faire naufrage, il faut naviguer. Ceux qui restent sur le quai ne risquent rien.

LE CURÉ

On peut, monsieur le Marquis, prendre la mer sans le vouloir. Notre mission nous force à fréquenter des femmes. Et je vous avoue simplement qu'il m'est arrivé d'être frappé par un visage et d'en recevoir une impression mystérieuse mais très vive. Je ne m'en apercevais pas sur le moment : mais brusquement un jour, je découvrais que je pensais souvent à la même personne, que ses intérêts me devenaient chers, que sa confession me troublait. Bien entendu, j'ai réagi et même avec une certaine violence puisque c'est pour un drame de ce genre que j'ai abandonné ma première paroisse, celle de Cadenet, qui, pourtant, me donnait bien des satisfactions, et que j'ai demandé à changer de diocèse. J'ai donc réagi. Mais serais-je toujours capable de réagir ? Est-ce qu'une préférence inconsciente pour une femme ne peut pas brusquement grandir ? Un petit mistral est né dans la nuit. Il ne fait pas beaucoup de bruit, les feuilles frissonnent à peine... On dirait qu'il ne sert à rien, qu'à faire briller les étoiles... Et puis tout à coup, quand l'aube se lève, il pousse un grand cri de sauvage, et commence à chasser des troupeaux de chênes... Si la bourrasque éclatait sur moi, aurais-je la force et le courage de courir jusqu'à mon abri ?

LE MARQUIS

Oh ! Certainement ! D'ailleurs l'amour que nous avons vu tout à l'heure ne peut naître d'un regard, ni d'un rêve ni d'une confession. Certes, cet émoi que vous avez ressenti, c'était, sans aucun doute, un premier frisson de la chair. Mais pour que la passion ait le temps de pousser ses racines, il faut avoir consenti à la suite... Car la passion vit de réalités plus précises, et quand le boulanger nous parlait de sa femme, ce n'est pas son âme qu'il nous décrivait.

LE CURÉ

C'est vrai... C'est vrai...

LE MARQUIS

En tout cas, j'espère que le martyre du boulanger vous inspirera plus d'indulgence pour les pauvres pécheurs que nous sommes : il vous aura peut-être fait comprendre que l'amour n'est pas seulement un plaisir, et qu'un débauché, qui a quatre nièces, est peut-être un homme qui a peur de n'en avoir qu'une.

LE CURÉ

C'est un point de vue.

LE MARQUIS *(gravement)*

Oui ; et il y a un autre point de vue : il y a le point de vue de la truite qui nous attend sur votre table, sous de fraîches rondelles de citron. Vous avez béni tout à l'heure cette nourriture. Ce serait péché de l'abandonner.

Ils s'en vont vers le presbytère.

SUR LA PLACE DU VILLAGE

Barnabé, avec la casquette du crieur public, roule du tambour et lit un papier.

BARNABÉ

Avis à la population

M. le Marquis Castan de Venelles a l'honneur d'informer la population qu'une grande assemblée générale sera tenue aujourd'hui dimanche à deux heures moins le quart, dans la grande salle du *Cercle.* On y discutera de la situation générale du village et de ses environs, en ce qui concerne le pain. On essaiera de trouver en commun une solution à la tragédie qui menace d'affamer toute une population laborieuse, et qui constitue un véritable attentat contre la morale et le ravitaillement.

Signé : Marquis Castan de Venelles.

Poscritome : M. Le Curé, M. l'Instituteur, M. le Marquis et M. le boulanger assisteront à ces débats.

Il roule du tambour encore une fois.

DANS LA GRANDE SALLE DU CERCLE

Sur l'estrade, et derrière le marquis, qui est debout et qui parle, il y a le curé, l'instituteur et le boulanger qui sont assis en silence. La salle est pleine de paysans et de paysannes.

LE MARQUIS

Et pour me résumer, mes chers amis, je dis que nous n'avons qu'une solution : nous avons le devoir d'oublier les haines familiales qui nous séparent les uns des autres, nous avons le devoir de nous unir. Il faut retrouver notre belle boulangère, non pas parce qu'elle est belle, mais parce qu'elle représente notre pain quotidien. *(Applaudissements.)* Elle n'est certainement pas loin. Les coupables sont partis ce matin de bonne heure. Le cheval qu'ils m'ont envoyé n'avait pas fourni une longue course : vous savez que je m'y connais. Si nous organisons immédiatement les recherches, nous l'aurons retrouvée avant ce soir. *(Cris de : « Bravo ! D'accord ! On y va tous ! »)* Préparons donc tout de suite, et mettons en marche dès aujourd'hui, notre croisade pour la Belle Boulangère !

Bravos prolongés.

Et maintenant, notre ami le boulanger, si douloureusement éprouvé par cette fugue, mais qui sera consolé ce soir, va nous dire à son tour quelques mots.

Il fait signe au boulanger de s'avancer. Il le place à la tribune, puis il va s'asseoir.

LE BOULANGER

Il est très embarrassé.

Mes amis, je ne sais pas parler comme M. le Marquis. Et comme, en plus, je suis dans une situation ridicule, ça ne sera pas un joli discours. En plus, je suis gêné par cette lampe qui est au-dessus de ma tête, parce que j'ai peur, si je remue trop, de la casser d'un coup de corne.

Rires et bravos — une voix crie : « Va, boulanger, on t'aime bien ! » — « Vas-y, boulanger ! » — « On est tous pour toi ! »

Excusez-moi d'avoir pas fait de pain aujourd'hui et de ne pas vous en faire demain. C'est parce que, à cause du *doute* où je suis, j'en suis incapable. Je ne sais plus ce que je fais. Alors, j'ai eu peur de vous fabriquer, sans m'en apercevoir, du pain avec de la sciure, ou de vous pétrir des brioches à l'eau de Javel. Mais si vous me ramenez mon Aurélie, si vous dissipez ce doute, alors, vous aurez un vrai boulanger. Je vous ferai du pain comme vous en aurez jamais vu. Je pétrirai chaque fournée une demi-heure de plus, et dans les fagots pour chauffer le four, je mélangerai du romarin. Et pendant qu'il cuira, je ne dormirai pas comme on fait d'habitude, mais j'ouvrirai la porte toutes les cinq minutes, pour ne pas le perdre des yeux. Je vous ferai un pain si bon que ça ne sera plus un accompagnement pour autre chose ; ça sera une nourriture pour les gourmands... Il ne faudra plus dire : « J'ai mangé une tartine de fromage sur du pain. » On dira : « J'ai dégusté une tartine de pain sous du fromage. » Et chaque jour, en plus de ma fournée, je pétrirai cinq kilos pour les pauvres... Et dans chaque miche que je vous ferai, il y aura une grande amitié et un grand merci.

Bravos, cris, enthousiasme général. Le boulanger va s'asseoir. Le curé se lève.

LE CURÉ

Mesdames et messieurs, après les discours que vous venez d'entendre, je ne puis rien ajouter, sinon que je souhaite un succès complet à l'expédition qui se prépare. Et maintenant, j'avertis les croyants qui se trouvent nombreux dans cette assemblée, il est trois heures moins cinq, les vêpres vont commencer.

Les cloches sonnent. Le curé descend de l'estrade. Un bataillon de vieillards et d'enfants se dirige vers l'église. Parmi eux, il y a Céleste, Fine et Miette.

FINE

Quand même, de faire tout ça pour cette espèce de créature !

CÉLESTE

Va, si c'était moi qui avais voulu partir avec ce berger, on ne ferait pas tant d'estrambord.

MLLE ANGÈLE

Ma pauvre Céleste, la beauté, ce n'est rien. Ça n'intéresse pas les hommes. Ce qu'il faut avoir, c'est du vice. Ah ! si vous voulez avoir du vice...

CÉLESTE

Si tu veux te mettre de la peinture, de la poudre, te raser tous les matins, et remuer le derrière quand tu marches, alors ils vont s'occuper de toi.

MLLE ANGÈLE

Oh ! Dieu garde ! Ce n'est pas une chose que je cherche et Dieu me préserve de l'obtenir même sans le vouloir.

DEVANT LE CERCLE

Pendant que la foule s'écoule vers l'église, Miette se dispute avec son mari Antonin.

MIETTE *(en larmes)*

Non, non, je ne veux pas que tu y ailles !

ANTONIN *(gentiment)*

Mais, Miette, c'est pour le pain ! De quoi tu as peur ?

MIETTE

Oh ! ce n'est pas qu'elle soit belle ! Ça, non, on peut dire qu'elle n'est pas belle ! Et quand j'aurai son âge, dans quinze ans, je serai aussi belle qu'elle. Mais des femmes comme ça, c'est des vampires... Elle va te sauter dessus...

Elle pleure.

ANTONIN

Mais non, Miette, mais non. Tu t'effraies pour rien, vaï... Tous les hommes vont y aller... De quoi j'aurais l'air si j'y vais pas ?

MIETTE *(brusquement furieuse)*

Oh ! va, va, les hommes, je les connais... En tout cas, si ce soir tu sens la parfumerie, je te préviens que je ferai comme elle. Mais moi, ça ne sera pas avec un berger !

ANTONIN

Oui. On sait que le brigadier de gendarmerie te fait de l'œil... Celui de Sainte-Tulle...

MIETTE *(de loin)*

Il est bel homme. Et au moins, lui, il a un costume.

ANTONIN

Tu veux une paire de gifles ? Va-t'en aux vêpres, va, fondue... Et tâche un peu de le regarder le brigadier, je te ferai une caresse que tu pourras plus t'asseoir de huit jours.

MIETTE *(de loin)*

Tonin, pense à tes enfants ! Tonin, ne te laisse pas faire !

Tonin hausse les épaules.

MIETTE *(désespérée)*

En tout cas, au moins, reviens à la maison !

DANS LA SALLE DU CERCLE

Le marquis est tout à fait à son affaire, et il fait manœuvrer tous les hommes du village. De temps à autre, il frappe sa botte avec sa cravache.

LE MARQUIS

Silence au rapport ! Qui m'a foutu des réservistes pareils ? Rassemblement !

Tous les hommes se mettent sur deux rangs.

Demi-tour à droite, droite !

La manœuvre est exécutée comme à la caserne et les hommes se trouvent alignés deux par deux, face à la scène du Cercle.

LE MARQUIS *(à l'instituteur, qui est assis devant une petite table à côté du boulanger sur la scène)*

Lieutenant, vous avez la carte ?

L'INSTITUTEUR

Oui, mon commandant.

LE MARQUIS

Le terrain à battre a été divisé en douze secteurs. Chaque patrouille sera responsable de son secteur, et devra rendre compte de sa mission avant sept heures. Premier rang, un pas en avant ! *(A l'instituteur.)* Premier secteur ?

L'INSTITUTEUR

Les Chaussières, par la ferme de Palanchon. Douze kilomètres. Route carrossable.

LE MARQUIS *(aux hommes)*

Vous avez des bicyclettes ?

PREMIER PAYSAN

Oui.

DEUXIÈME PAYSAN

Oui, monsieur le Marquis.

LE MARQUIS

Mon commandant.

DEUXIÈME PAYSAN

Oui, mon commandant.

LE MARQUIS

Bien. Rompez.

PREMIER PAYSAN

On y va avec le costume des dimanches ?

LE MARQUIS

Non. Tenue de campagne.

ANTONIN

On peut emporter le fusil ?

LE MARQUIS

Cavalier Tonin, on ne pose pas de questions à un supérieur. Oui, on peut emporter le fusil.

LE BOULANGER

Tu n'as pas l'intention de tuer quelqu'un ?

ANTONIN

Non. Mais si je rencontrais un lièvre, ou un passage de grives...

LE MARQUIS

Bien. Première patrouille, rompez. Premier rang, deux pas en avant !

Barnabé et Tonin font un pas en avant.

LE MARQUIS *(à l'instituteur)*

Secteur ?

L'INSTITUTEUR

Saint-André, par le château de la Pissardière. Chemin de bûcherons.

LE MARQUIS

Vous connaissez ?

TONIN et BARNABÉ *(ensemble)*

Oui, mon commandant.

LE MARQUIS

Patrouille à pied. Rompez.

ANTONIN

Mon commandant, ce n'est pas possible que nous partions ensemble.

LE MARQUIS

Quoi ?

ANTONIN

Nous sommes fâchés, à cause de ses trois ormeaux.

BARNABÉ

Il a la prétention de me faire couper mes arbres ! Alors, moi je dis...

LE MARQUIS

Toi, tu ne dis rien, parce qu'autrement je te fous quatre jours. Rompez. Premier rang, trois pas en avant !

Les deux suivants sont Casimir et Pétugue.

LE MARQUIS *(à l'instituteur)*

Secteur ?

L'INSTITUTEUR

Le mas de Baume-Sourne.

LE MARQUIS

Vous avez compris ?

PÉTUGUE

Oui. Mais je préfère mieux d'y aller tout seul.

CASIMIR

Moi aussi.

PÉTUGUE

Nos parents étaient déjà fâchés.

CASIMIR

Et nos grands-parents aussi.

LE BOULANGER

On se fout de vos parents ! Vous voulez du pain, oui ou non ?

LE MARQUIS

En service commandé, et dans l'intérêt de l'escadron, vous allez former à vous deux la troisième patrouille et vous allez explorer le secteur du mas de Baume-Sourne. Rompez.

PÉTUGUE

Bon. Nous ne sommes pas forcés de nous parler pour ça.

CASIMIR

Même pas de nous regarder.

LE MARQUIS

Silence ! Rompez. Allez. Premier rang, quatre pas en avant !

DANS LA PLAINE DES MARAIS DE BISTAGNE

Au milieu des joncs, il y a une île de verdure. Et là, dans une cabane, devant un feu de bois, le berger et la boulangère qui chantent accompagnés par une guitare.

DANS LA SALLE À MANGER

Le boulanger est assis près de la fenêtre. Il est silencieux et paraît accablé. Auprès de lui, l'instituteur, qui regarde par la fenêtre. Assis sur le coin de la table, il y a l'un des messagers, qui est déjà revenu, et le gros Félix. Après un silence, le boulanger parle à voix basse, résigné.

LE BOULANGER

Va, va, ils se sont bien cachés, ou alors ils sont allés très loin. On ne les retrouvera pas.

L'INSTITUTEUR

Voyons, mon cher ami... Ils sont partis près de trente et il n'en est rentré que six...

LE BOULANGER

Oui, mais ces six-là n'ont rien vu.

FÉLIX

Écoute, nous ne pouvions pas te ramener six boulangères ! Qu'est-ce que tu en aurais fait ?

LE BOULANGER *(brusquement)*

En voilà d'autres...

En effet, on entend des pas dans la boulangerie. Entrent des messagers, le boucher et Arsène.

L'INSTITUTEUR

Alors ?

ARSÈNE

Rien. On est allés jusqu'aux Olives. On a interrogé les passants... On a demandé aux femmes... Rien.

LE BOUCHER

Moi, un chien m'a mordu à la main. Et puis, à la Croix des Moines, on a rencontré les frères Peyrol qui revenaient de Maussanne et du Château-Virant. Eux non plus, ils n'avaient rien trouvé...

LE BOULANGER *(anxieux)*

Ils continuent à la chercher ?

LE BOUCHER *(joyeux)*

Ils nous ont dit que de penser à ta femme, ça leur avait monté l'imagination toute la journée, et qu'ils ne pouvaient pas rentrer comme ça. Alors, ils sont allés faire un tour à Manosque, et ils t'envoient bien le bonjour.

LE BOULANGER

Merci tout de même. Merci bien.

À L'ENTRÉE DU VILLAGE

Quatre pochards s'avancent. Ils se tiennent affectueusement par le cou.

ANTONIN

Il s'arrête, tout ému.

Barnabé, cet endroit, ça ne te rappelle rien ?

BARNABÉ *(affectueux)*

Antonin, pardonne-moi.

ANTONIN

Que je te pardonne quoi ? Je voulais te faire couper tes ormeaux... des arbres qui sont à toi, des arbres que tu aimes...

BARNABÉ *(il le serre dans ses bras)*

Peut-être, mais ces arbres, ils t'ont assassiné tes épinards géants. Et ça, je ne m'en consolerai jamais. Les ormeaux, je ne les taille pas, je les *arrache*.

ANTONIN *(au comble de l'affection)*

Non, non ! Mes épinards, c'est peut-être que la graine était mauvaise. Tes ormeaux, n'y touche pas. Ils sont trop beaux. Je changerai le jardin de place. Barnabé, tu es trop brave. Changeons de chapeau.

Ils changent de chapeau.

CASIMIR

Que c'est beau ! Mais pas d'émotion. Silence au rapport. Portez, armes.

Ils font le mouvement.

A droite, droite !

Ils font un à-gauche bien réglé.

Et maintenant, la chanson. En avant, marche.

Ils partent tous les quatre, Casimir en tête, en chantant.

DANS LA SALLE À MANGER

Le boulanger attend toujours en silence. La porte s'ouvre brusquement. Céleste paraît.

CÉLESTE

En voilà quatre qui reviennent. Et ils sont contents comme tout ! Ils chantent !

LE BOULANGER *(plein d'espoir)*

Ils chantent ?

Il se lève, il sort en courant, suivi de tous les assistants. Les quatre pochards s'avancent, et ils arrivent devant la boulangerie. Là, ils se mettent en rang.

CASIMIR

Un, deux, trois : « Boulanger ! »

Ils ont crié tous les quatre à la fois. Le boulanger paraît sur la porte, tremblant d'émotion.

LE BOULANGER

Vous l'avez trouvée ?

CASIMIR

Non, boulanger, non. Mais nous avons trouvé mieux que ça : en cherchant ta femme envolée, nous avons trouvé l'amitié.

PÉTUGUE

Nous étions partis en nous faisant les brigues ! nous revenons en nous embrassant...

Ils s'embrassent en effet.

ANTONIN

Mais il faut lui raconter tout comme il faut, parce qu'il y a quelque chose qui l'intéressera. Figure-toi que nous nous sommes rencontrés tous les quatre au château de la Pissardière. Là, il y avait le monsieur, et nous lui avons raconté ton malheur. Il a rigolé comme un bossu.

L'INSTITUTEUR

Et il vous a fait boire.

ANTONIN

Il nous a fait boire. Dis-leur la suite, Barnabé, que j'aie pas l'air de parler tout le temps pour me faire valoir. Un peu à toi, Barnabé.

Il l'embrasse.

BARNABÉ

Merci, Tonin. Alors, figure-toi que le monsieur, qui est

un artiste, a fait une chanson — enfin, des paroles pour te remercier de nous avoir rendu l'amitié. *(Le boulanger, déçu par ce verbiage, veut rentrer, Barnabé le retient.)* Et puis, attends, ne t'en va pas... Il nous a donné un paquet pour toi. Le cadeau que ta femme t'a fait.

LE BOULANGER

Ça vient de ma femme ?

BARNABÉ

Oui.

LE BOULANGER *(tremblant)*

C'est pour moi ?

PÉTUGUE

Oh ! C'est pas pour M. le Curé. Voilà.

Il lui tend un énorme paquet. Le boulanger déchire le papier, tout tremblant.

LE BOULANGER *(très ému)*

Alors, il l'a vue, alors ? Alors, elle a pensé à moi ?

Du papier déchiré, il tire une énorme paire de cornes de cerf. Un grand rire dans la foule. Le boulanger, tout pâle, sourit faiblement.

CASIMIR

Et maintenant, on va lui chanter la chanson du monsieur. Une, deux, trois.

Casimir attaque seul.

Depuis qu'il en porte.
Le diable m'emporte

Il ne peut plus passer sous les portes !

Chœur général.

Chantons « Merci berger »
Vivent les cornes, vivent les cornes !
Chantons « Merci berger »
Vivent les cornes du boulanger !

Le pauvre Aimable sourit tristement, et il rentre dans sa boutique, le regard vague, avec ses cornes à la main. Au-dehors, les quatre pochards chantent avec enthousiasme le second couplet.

DANS LA BOUTIQUE

Pendant que le chant continue dehors, l'instituteur console le boulanger.

LE BOUCHER

Il ne faut pas faire attention... Ils sont soûls comme des ânes...

L'INSTITUTEUR

Et ils ne comprennent pas très bien la peine que vous avez...

LE BOULANGER

Il s'appuie au comptoir.

Oui, mais moi, je la comprends...

ARSÈNE

Ils font ça... en bons garçons, quoi...

LE BOULANGER

Merci, Arsène... Attendez-moi. De les voir soûls, ça me fait penser que je vous ai pas offert à boire. Je descends à la cave chercher quelques bouteilles... Miette, prenez des verres dans le buffet...

ARSÈNE

Là, tu as une bonne idée... Prends du rouge et du blanc, qu'on puisse choisir.

LE BOULANGER

J'ai du rosé, aussi...

Il disparaît dans l'escalier. Toute la compagnie entre dans la salle à manger.

DANS UNE PETITE CAVE VOUTÉE

Il y a de vieilles pelles de four, des fagots de bois de pin, des chaises cassées et quelques petits tonneaux de vin.

Le boulanger entre. Il chancelle. Puis, au mur, il prend une corde. Enfin, il monte sur un tonneau, il essaie de passer la corde autour d'une poutre.

DANS LA SALLE À MANGER

Toute la compagnie est assise autour de la table. Céleste et Miette préparent des verres qu'elles disposent devant chacun.

L'INSTITUTEUR *(entre fâché)*

Il y a tout de même un minimum de délicatesse.

CASIMIR *(gêné)*

Nous, on essayait de tourner la chose en plaisanterie.

ANTONIN *(ivre et joyeux)*

Et puis quoi, sa femme est partie ! Après tout, il ne l'avait pas achetée, et ça ne diminue pas son bien ! De la façon qu'il prend la chose, on dirait qu'il a perdu un hectare !

PÉTUGUE

Encore, si elle était malade, ou morte, je comprendrais qu'il se fasse du mauvais sang... Tandis que là, au moins, il sait qu'elle est heureuse... En tout cas, qu'elle ne s'ennuie pas !

L'INSTITUTEUR

Vous n'êtes que de sympathiques brutes. *(Un temps.)* Il reste bien longtemps à la cave... Vous devriez aller voir ce qu'il fait...

Tonin se lève et descend suivi de Casimir.

MIETTE

Jésus, Marie, Joseph ! S'il allait se détruire !

DANS LA CAVE

Le boulanger a réussi à attacher la corde à la poutre. Il est debout sur le tonneau, il passe sa tête dans le nœud coulant. Antonin se précipite.

ANTONIN

Boulanger, ne te pends pas là, que Lange s'y est déjà pendu ! Ça te porterait malheur !

LE BOULANGER *(il rue)*

Laissez-moi tranquille, vous autres...

CASIMIR *(qui lui saisit une jambe)*

Écoute, boulanger, laisse-nous te parler d'abord, tu te pendras après, si tu veux... Écoute, tout ce qui t'arrive, tu le prends pas du bon côté...

LE BOULANGER *(il hurle)*

Lâche-moi les jambes...

PÉTUGUE *(suppliant)*

Prends-le du bon côté, boulanger... Tu le prends pas du bon côté.

LE BOULANGER

Antonin, lâche-moi les jambes, ou je t'arrache les cheveux...

ANTONIN

Vas-y, ça m'économisera le coiffeur...

CASIMIR

Si tu faisais un tout petit effort pour le prendre du bon côté... Si tu voyais tout le comique de la chose...

PÉTUGUE

Si tu pensais un peu à notre pain, au lieu de t'amuser à te pendre tout seul...

Dans l'escalier, on entend soudain la voix du marquis qui crie : « On l'a retrouvée ! Boulanger, on l'a retrouvée, ta femme ! » *Le boulanger tressaille, pousse un cri, ferme les yeux et tombe.*

ANTONIN

Tenez-le bien, qu'il va s'étrangler...

Pétugue et Casimir essaient fébrilement de défaire la corde. Ils n'y réussissent pas. Le boulanger dans les bras de Tonin s'agite violemment. Il ouvre les yeux, et, d'une voix de stentor, il crie :

LE BOULANGER

Mais dépendez-moi, nom de Dieu ! puisque ma femme est retrouvée !

DANS LA SALLE À MANGER

Tout le monde est debout. Le marquis a l'air tout joyeux.

LE MARQUIS

Vous autres, asseyez-vous et taisez-vous. Arsène, va faire partir les gosses qui sont devant la boulangerie. *(Arsène se lève et sort.)* Au fond, ça devait finir comme ça. Le voici.

Le boulanger entre.

LE BOULANGER

Où est-elle ?

LE MARQUIS

Elle n'est pas ici, mais on sait où elle est. Elle n'est pas loin.

LE BOULANGER

Vous l'avez vue ?

LE MARQUIS

Non. Pas moi. Écoute : c'est Maillefer Patience, le pêcheur. Je revenais de Meyrargues avec Félix, nous n'avions rien trouvé, et nous étions tous tristes pour toi. Et à l'entrée du village, nous avons rencontré Patience qui rentrait. Et il m'a dit : « J'ai vu la femme du boulanger. — Quand ? — Il y a une heure. — Où est-elle ? » Alors il nous a dit : « Ça, je vais le lui dire, à lui. » Je ne lui ai pas demandé davantage, parce que je le connais.

LE PAPET

Oh ! ça, c'est une vraie tête de bourrique !

L'INSTITUTEUR

Si on le questionne, il ne répond plus.

LE BOULANGER

Mais vous êtes sûr qu'il l'a vue ?

L'INSTITUTEUR

S'il l'a dit, c'est qu'il l'a vue.

LE MARQUIS

Et il va te renseigner. Mais surtout, je te recommande

bien de ne pas lui poser de questions, et de ne pas l'interrompre, sinon il s'arrête, il se lève et il s'en va.

L'INSTITUTEUR

Et vous, mesdames, tâchez d'écouter ce vieux maboul, en silence.

MIETTE

On dira rien. Qui sait où elle est ?

On entend un pas dans la boulangerie.

LE MARQUIS

Le voilà.

La porte s'ouvre, le curé paraît.

LE CURÉ

Bonsoir...

LE MARQUIS

Bonsoir, Monsieur le Curé.

LE CURÉ

Je venais aux nouvelles... En avons-nous ?

LE MARQUIS

Oui. Nous ne savons pas encore lesquelles — mais nous savons que nous en avons. — Maillefer l'a vue. *(On entend un pas dans le corridor.)* Le voilà.

En effet, le vieux Maillefer vient d'entrer. Il a, pendu à l'épaule, son panier à poissons.

MAILLEFER

Bonsoir, la compagnie !

LE BOULANGER

Bonsoir, Patience.

MAILLEFER

Il regarde la compagnie et les verres.

C'est ta fête, boulanger ?

LE BOULANGER

Peut-être, Maillefer. C'est peut-être ma fête. Ça dépend de ce que tu vas me dire.

MAILLEFER

Alors, je crois que c'est ta fête.

LE BOULANGER

Tu as vu ma femme ?

MAILLEFER

Ah ! Écoutez-moi, si on me coupe quand je parle, je ne peux plus rien dire. *(Au boulanger.)* Je ne sais pas si tu le sais, mais au concours de boules de Peyruis, en 1926 ou 27, non 26. Oui, c'est l'année que ceux de Pomiès ont gagné le concours. Au concours de boules de Peyruis, j'ai reçu une boule sur la tête. Tiens, touche la bosse ; elle y est encore, et je l'aurai jusqu'à la mort. Touche la bosse, je te dis. *(Le boulanger touche la bosse de Maillefer.)* Eh bien, depuis cette bosse, si on me coupe, je trouve plus le fil...

LE MARQUIS

Va, parle, Maillefer. Parle. Personne ne te coupera.

MAILLEFER

Bon. Alors, ce matin, vers les trois heures, j'étais dans mon lit, et je pensais à ma pêche de la journée. Je me disais : « Le temps est au calme. Tu vas aller au brochet, du côté du gour Roubaud. Justement, tu as du vif dans le vivier, et du beau vif. Tu iras au brochet. » C'était mon idée d'aller au brochet. C'était pas une bonne idée avec le temps qu'il faisait ?

LE MARQUIS

C'était une excellente idée.

MAILLEFER

Mais tout d'un coup — j'étais dans mon lit, comme je vous l'ai dit — tout d'un coup, j'entends bouger les feuilles des arbres : « Frr... Frr... » Je me dis : « Ça y est. Voilà le mistral qui se lève. » Et à ce moment, un volet claque contre un mur. C'était le volet de la cuisine du Papet. *(A Pèbre.)* Tu l'as pas entendu ?

PÈBRE

Non. J'ai rien entendu.

MAILLEFER *(avec force)*

Tu n'as pas entendu claquer le volet de ta cuisine ?

PÈBRE

Non. Tu sais, moi, j'entends pas tout.

MAILLEFER

Oui, c'est vrai qu'il est sourd. Il est vieux, il est gâteux. Bon. Alors je me lève, et je sors. C'était du vent, mais il était pas franc. Une espèce de mistral bâtard qui jouait presque aux quatre coins. Alors je me suis dit : « Adieu le brochet ! Avec la canne de cinq mètres et un vent pareil, qui va peut-être forcir, tu vas te casser le poignet, et tu ne prendras rien. » Alors j'ai bien réfléchi, et je me suis mis dans l'idée d'aller pêcher aux marais de Bistagne. Alors, je prends deux petites cannes, une boîte de vers de fumier, des rouges, et je descends vers les marais. Et comme j'arrive derrière une haie, qu'est-ce que je vois ? *(Il change de ton.)* Il me semble que j'entends chanter.

On entend, en effet, des voix qui viennent de la cave, et qui chantent la cantate des cornes du boulanger.

DANS LA CAVE

Casimir, Pétugue et Antonin, qui ont des bouteilles à la main, chantent à pleine voix. Dans l'escalier, Arsène paraît.

ARSÈNE

Taisez-vous, les gars ! Il y a Maillefer qui raconte où elle est.

CASIMIR

Ah ! Nous, on ne savait pas. On ne nous a pas prévenus.

PÉTUGUE

Et où elle est ?

ARSÈNE

Il ne l'a pas encore dit, mais ça s'approche.

Il a pris une bouteille et il boit à son tour. Tous sortent, avec des bouteilles à la main.

DANS LA SALLE À MANGER

La porte s'ouvre et Antonin entre suivi de Casimir et de Pétugue. Il y a un grand silence.

ANTONIN

Excuse-nous, boulanger.

CASIMIR

On ne savait pas que Maillefer avait commencé à parler.

ANTONIN *(qui croit parler à voix basse)*

On a monté des bouteilles pour masquer le coup. Tu comprends ce que je veux dire...

CASIMIR *(il cligne de l'œil à plusieurs reprises)*

Le coup de la corde et du tonneau. Il vaut mieux qu'on ne le sache pas.

LE MARQUIS

Taisez-vous, espèces d'ivrognes ! Alignez-vous contre le mur ! *(Ils s'alignent en silence.)* Alors Maillefer, tu t'approches d'une haie, et qu'est-ce que tu vois ?

MAILLEFER *(perdu)*

Oui, qu'est-ce que je vois ? Je m'en rappelle plus. *(Brus-*

quement illuminé.) Ah ! Je vois : ça. *(Il ouvre son panier avec lenteur et en tire un poisson superbe, qu'il jette sur la table.)* Une caprille. Elle était vivante bien entendu, et elle nageait doucettement avec ses belles nageoires grandes ouvertes. Je me cache bien. J'amorce avec deux vers en croix et par-dessus la haie, je lance ma ligne... L'appât lui tombe juste devant le nez. Hop ! elle saute, toc, je la ferre. Et alors, ça a commencé. *(Le boulanger, tout pâle, ferme les yeux.)* La première secousse, je m'y attendais; je lui laisse du fil... Mais la seconde, elle a été tellement imprévue qu'elle m'a surpris. Je croyais qu'elle allait tirer à gauche — toc — elle tire à droite... Mon scion était tordu pire qu'une baleine de parapluie ! Ah ! Ce n'est pas tout le monde qui peut pêcher une caprille ! Tout est là. Tenez. *(Il montre son poignet. Il fait tourner son poing dans tous les sens.)* Ça. Puis ça. Et alors, à la troisième secousse...

ANTONIN *(calme et grave)*

A la troisième secousse, tu commences à nous emmerder.

MAILLEFER *(abasourdi)*

Quoi ?

BARNABÉ *(furieux)*

Oui. C'est un peu long. Tu vois pas, là, le pauvre diable qui s'estrancine et que tu le fais attendre exprès ?

Un grand silence.

MAILLEFER *(glacé)*

Bon. On m'a coupé. Je m'en vais.

Il se lève.

LE MARQUIS

Écoute, Maillefer.

Maillefer ne répond pas, et se dirige vers la porte. Mais le boulanger a bondi. Il est blême. Il a pris Maillefer aux épaules et il serre avec une poigne de fer — d'une voix sans timbre, il dit :

LE BOULANGER

Où est-elle, ma femme ? Tu le dis, où elle est ? Parle, parce que si je te commence, je te finis...

MAILLEFER *(étranglé)*

Au secours...

LE CURÉ *(qui essaie de s'interposer)*

Boulanger !

TONIN *(enthousiaste)*

Laissez-le faire...

CASIMIR

Il a raison !...

TONIN

Vas-y boulanger ! Rentres-y sa bosse dans la tronche !

LE BOULANGER

Je compte jusqu'à trois. Un...

MAILLEFER

Au secours !

LE BOULANGER

Deux...

MAILLEFER *(vite)*

Ils sont dans une île... Dans les marais... En face la ferme du Jean Blanc.

LE BOULANGER *(il le lâche)*

Tu les as vus ?

MAILLEFER *(qui défaille épouvanté)*

Laisse-moi respirer. *(Il fait deux pas en arrière. Il tombe assis sur une chaise. Il souffle bruyamment.)* Faites-moi boire un coup, bande d'assassins...

Le marquis lui verse à boire. Maillefer boit à longs traits.

ARSÈNE *(qui paraît sur la porte)*

C'est une charmante soirée de famille... Mais pourquoi il n'y a que lui qui boit ?

LE MARQUIS

Tais-toi !

MAILLEFER *(qui ronchonne tout seul)*

Celle-là est forte. Manquer d'être assassiné... Parce qu'on apporte une nouvelle. M'enfoncer la bosse... Par exemple ! Il y en a qui ont du toupet. Ça n'arriverait pas dans une gendarmerie... Fai de ben à Bertrand, ti lou rendra en caguant...

LE BOULANGER *(froid, mais dangereux)*

Alors ? La suite ? Comment est-Elle ? Qu'est-ce qu'Elle t'a dit ?

MAILLEFER

Me bouscule pas, bon. Alors, pendant que je pêchais un autre poisson — et je te passe l'anguille, la tanche et la carpe — tout d'un coup derrière les osiers, j'entends une voix de femme. Une voix de femme qui chantait.

LE CURÉ

Ah ! nous y voilà.

MAILLEFER

Je m'approche de garapachon, en me cachant et sans faire de bruit. Je regarde entre deux feuilles et qu'est-ce que je vois ?

PÉTUGUE

Une anguille.

LE MARQUIS

Tais-toi, imbécile. *(A Maillefer.)* Et qu'est-ce que tu vois ?

MAILLEFER

Une anguille qui chantait. Je veux dire : ta femme qui chantait. Le berger était couché dans l'herbe, et il jouait de la guitare. Tranquille et joyeux comme un chômeur de profession. Et ta femme, elle chante bien. Pour ça, elle chante bien.

LE BOULANGER

Enfin, si elle chantait, c'est qu'elle était contente.

MAILLEFER

Elle en avait l'air. Et surtout qu'elle était toute nue.

LA COMPAGNIE

Oh !

LE BOULANGER

Toute nue ?

MAILLEFER *(satisfait)*

Oh ! pour ça, oui !

MLLE ANGÈLE

Naturellement !

MAILLEFER

Ah ! Elle est belle !

LE BOULANGER *(perplexe)*

Mais qu'est-ce que ça veut dire ?

LE CURÉ *(sincère)*

Peut-être est-elle tombée dans l'eau, et alors, pour faire sécher son linge au soleil...

CASIMIR

Oh ! c'est sûrement ça.

LE MARQUIS

Ou alors, elle prenait un bain de soleil ? Après tout, pourquoi pas ?

LE BOULANGER

Oh ! moi, plus rien ne m'étonne. Et ensuite ?

MAILLEFER

J'ai regardé un petit moment, et puis je suis parti sans faire de bruit. Il y a une cabane dans cette île... Je crois qu'ils habitent là-dedans...

LE BOULANGER

C'est loin d'ici ?

MAILLEFER

Une bonne demi-heure à pied.

ANTONIN

On y va tous !

PÉTUGUE

On prend les fusils et on y va tous !

LE BOULANGER

Pour quoi faire les fusils ?

CASIMIR

Et si le berger ne veut pas la rendre ?

BARNABÉ

S'il veut pas la rendre on la lui prendra ! Allez, zou, boulanger ! On y va !

LE MARQUIS *(avec une grande autorité)*

Un peu de silence et tâchons de ne pas dire de bêtises. Allez-vous-en tous au *Cercle*, j'offre une tournée générale. *(Au boulanger.)* Nous, nous allons dresser notre plan. Allons, sortez !

Tous s'en vont vers la sortie.

DANS LA HUTTE DES MARAIS

Le berger et la boulangère dorment enlacés. Nous les regardons un moment. Il fait chaud, malgré le petit vent qui porte les abeilles devant la porte.

DANS LA SALLE À MANGER DU BOULANGER

Il n'y a plus que Maillefer, le marquis, le prêtre, le boulanger, l'instituteur.

LE MARQUIS *(au boulanger)*

Alors toi, tu n'y vas pas ?

LE BOULANGER

Non, monsieur le Marquis, non. Moi, je ne veux pas l'avoir vue hors de chez moi. La dernière fois que je l'ai vue, c'était ici, dans cette maison. La prochaine fois que je la verrai, ça sera ici. Ce qui a bien pu se passer entre ces deux moments, au fond, je n'en sais rien.

LE MARQUIS

Alors, qui va nous la ramener ?

LE BOULANGER

Moi, je dis, monsieur le Marquis, qu'il faut envoyer le moins de monde possible, une ou deux personnes, pas plus. Et la personne qui doit y aller, c'est M. le Curé. D'abord, M. le Curé a une bonne voix, il sait parler, lui. Il a l'habitude.

LE MARQUIS

Ça, c'est vrai !

LE BOULANGER

Et puis, la spécialité des curés, c'est justement de chasser les démons.

L'INSTITUTEUR

Et alors ? Il y a donc un démon dans cette affaire ?

LE CURÉ

Soyez-en persuadé, monsieur, le Démon a sa part dans tous les péchés.

L'INSTITUTEUR *(logique)*

Il en serait donc seul responsable.

LE CURÉ *(qui s'échauffe)*

Ah ! voilà monsieur l'esprit fort ! Monsieur supprime la

responsabilité du pécheur et la reporte tout entière sur le Malin. Non, monsieur, non. Nous avons tous notre libre arbitre, qui nous permet de repousser les tentations. Ainsi, en ce moment même, dans cette cabane du marais, la présence du Malin est indiscutable. Mais la femme de notre ami a aussi, à côté d'elle, son libre arbitre, et elle pourra s'en servir quand elle voudra.

LE BOULANGER *(brusquement furieux)*

Ah ! ça, non ! Ça, qu'elle ne s'en serve plus, hein, surtout ! Qu'elle revienne tout de suite, sans rien dire. C'est tout ce que je lui demande. Et son libre arbitre, qu'il aille garder les moutons où il voudra, parce que moi, je lui casse la gueule. J'en fais des fougasses, de son libre arbitre.

Il est tout rouge, et il serre ses gros poings.

LE MARQUIS

Vous n'avez pas très bien compris, mon bon ami

LE BOULANGER *(avec force)*

Mais si, mais si ! Moi j'ai très bien compris que ce berger est un sorcier, comme tous les bergers, d'ailleurs. Alors ma femme quand il l'a vue, il lui a fait un charme, il lui a jeté un sort, quoi, il l'a enchantée.

LE MARQUIS

Il regarde l'instituteur.

Il est possible, en effet, qu'elle soit enchantée.

L'INSTITUTEUR *(au marquis)*

C'est même certain. Sans ça, elle ne serait pas partie.

LE BOULANGER

Parfaitement ! Elle ne doit pas du tout se rendre compte de ce qui se passe. Toute nue ! Ce n'est pas une femme à faire ça. Mais dites, je ne l'ai jamais vue, moi, toute nue ! Non, non, il lui a mis un démon dans le corps.

L'INSTITUTEUR

Le diable au corps.

LE BOULANGER

Exactement. Et ce diable, quand il va voir M. le Curé, il sera bien forcé de s'envoler en criant, et ma pauvre femme sera sauvée...

LE MARQUIS

Il est certain que mon berger est très pieux, il est farci de médailles bénites. Enfin, je veux dire qu'il en a beaucoup.

LE CURÉ

C'est bon signe.

LE BOULANGER

Et moi, ma femme, elle a un scapulaire. Je l'ai vu. Ça aussi, ça veut dire quelque chose.

MAILLEFER

Seulement, il faudra traverser le marais, puisqu'ils sont dans l'île : nous n'avons pas de bateau, et on ne pourra pas passer si on n'a pas de bottes en caoutchouc.

L'INSTITUTEUR

Je peux prêter les miennes à M. le Curé. J'ai de grandes bottes cuissardes.

LE BOULANGER

Et Maillefer conduira M. le Curé ! Pas vrai, Maillefer ?

MAILLEFER

Je veux bien. Seulement, il faut que je vous prévienne. De marcher dans le marais, c'est dangereux. Il faut connaître les sentiers qui sont sous l'eau. Celui qui ne les connaît pas, si le pied lui glisse, adieu ! Pour M. le Curé, ça serait un voyage direct au Paradis...

LE CURÉ

Si j'en étais sûr, je ne m'en plaindrais pas. Mais je ne suis pas certain du terminus...

L'INSTITUTEUR

Je les connais, moi, ces marais. J'y ai chassé bien souvent.

LE CURÉ

En quoi cela nous avance-t-il ?

Un silence. Tout le monde réfléchit.

LE MARQUIS

Il y a une solution toute simple. Un peu bizarre, mais excellente.

LE BOULANGER

Et quoi ?

LE MARQUIS

M. l'Instituteur mettra ses bottes en caoutchouc, et il portera M. le Curé sur le dos.

MAILLEFER

C'est le mieux.

LE CURÉ *(outré)*

Allons donc, ce serait ridicule !

MAILLEFER

Qu'est-ce que ça fait ? Il n'y aura personne pour vous voir.

LE BOULANGER *(suppliant)*

Il n'y a que ça à faire, monsieur le Curé. Faites-le. Il faut que vous montiez sur le dos de M. l'Instituteur.

L'INSTITUTEUR *(philosophe)*

Moi, je veux bien.

LE CURÉ

Vous m'avez déjà dit en effet que vous vous considériez comme un animal !

LE MARQUIS *(conciliant)*

Allons, si M. l'Instituteur consent à servir de monture à un prêtre, ce sera un hommage — involontaire peut-être — mais un hommage à la supériorité du clergé.

L'INSTITUTEUR

Ce sera plutôt un petit sacrifice à la douleur du boulanger.

LE MARQUIS

Disons que ce sera les deux à la fois, et n'en parlons plus !

LE BOULANGER

Merci, monsieur l'Instituteur.

L'INSTITUTEUR *(au curé)*

Et ce sacrifice sera fait de bon cœur, pour soulager la peine d'un de mes semblables, sans aucune idée de récompense et sans aucun espoir de Paradis.

LE CURÉ

Qu'en savez-vous ?

L'INSTITUTEUR

Je sais bien que je n'irai pas au Paradis.

LE CURÉ

Est-ce que vous croyez que votre bêtise vous met à l'abri de la bonté de Dieu ?

L'INSTITUTEUR

Je croyais que les hérétiques et les incroyants tombaient en Enfer ?

LE CURÉ

Mais l'Enfer, mon pauvre ami, vous y êtes, vous y êtes en ce moment. Vous menez une vie étroite et dure, sans lumière de la foi, sous un ciel creux, où l'on ne voit que des avions et des nuages. Une vie que vous croyez limitée par une mort aveugle et sourde, une mort noire, une mort totale, une mort qui ne va pas plus loin que la puanteur et la pourriture, c'est ça l'Enfer... pauvre égaré !

L'INSTITUTEUR *(satisfait)*

Je ne trouve pas ça si mauvais !

LE CURÉ

Et comment pouvez-vous juger de votre malheur, puisque vous n'avez jamais connu le bonheur ?

MAILLEFER

S'il ne va jamais à l'église, c'est sûr qu'il ira pas au Paradis.

LE CURÉ

Qu'en savons-nous ? Au jour de la mort de l'incroyant, il arrive peut-être sur les portes du ciel, bouleversé par la révélation de l'autre vie. Et devant Dieu dans toute sa gloire, il va se jeter à genoux, écrasé par l'horrible attente du châtiment. Et il gémira : « Seigneur, qu'allez-vous me faire ? » Et le Seigneur dira : « Rien, mon enfant. Approche-toi. J'essaierai de te consoler d'avoir vécu si longtemps sur la Terre dans l'absence de ton Créateur. » Le châtiment de l'incroyant, ce sera peut-être le pardon de Dieu, le pardon total, humiliant, éblouissant, divin... Et la vengeance du Seigneur, ce sera la déchirante révélation de sa Bonté.

Il y a un profond silence. Le boulanger lève la tête et dit avec force :

LE BOULANGER

Moi, je crois que s'il allait chercher ses bottes, tout de suite, ça nous avancerait bien plus que ces magnifiques discours. Qu'est-ce que vous en dites ?

LE MARQUIS

Il a raison, allons-y.

DANS LA HUTTE DES MARAIS

Le berger et la boulangère dorment, toujours enlacés. Tout à coup le berger se lève sur son séant. Il écoute. Aurélie se tient à lui. Il se lève. Elle veut le retenir.

LE BERGER

Laisse-moi. Quelqu'un.

Il sort d'un bond. Elle s'assoit. Elle ouvre de grands yeux effrayés. Elle écoute.

Au-dehors, le berger s'avance, en se cachant, jusqu'à la rive de l'île. A travers les osiers, il voit au loin l'expédition qui se prépare.

En effet, au bord du marais, de l'autre côté de l'eau, il y a Maillefer, le curé et l'instituteur. L'instituteur finit de boucler ses bottes.

MAILLEFER *(il montre l'île)*

C'est là. Je suis sûr qu'ils sont là.

L'INSTITUTEUR

Je sais. Je connais la cabane. Et je connais aussi le passage. Allons-y, monsieur le Curé.

L'instituteur se baisse. Le curé ferme son bréviaire, retrousse sa soutane, prend son élan, et saute sur le dos de l'instituteur.

LE CURÉ *(vexé)*

Je dois avoir bon air, là-dessus...

MAILLEFER *(sérieux)*

Oui, monsieur le Curé, vous avez très bon air. Mon père, qui était une vieille bête, avait l'habitude de dire : « Quand on fait une bonne action, on ne fait rire que les couillons. » Sauf votre respect, monsieur le Curé.

DANS L'ÎLE À TRAVERS LES ROSEAUX

En premier plan, le berger qui regarde. Au fond, l'instituteur qui porte le curé sur le dos. Ils s'avancent, ridicules et touchants, à la recherche du pain quotidien. En trois bonds, le berger rentre dans la cabane. Là, Aurélie l'attend, inquiète.

LE BERGER *(accablé)*

Aurélie, c'est fini. Il y a le curé.

AURÉLIE

Et après ?

LE BERGER

Le curé, l'homme de Dieu... C'est fini, notre beau péché...

AURÉLIE *(stupéfaite)*

Quoi ?

DANS LE MARAIS

L'instituteur est au milieu du marais, et il a de l'eau jusqu'aux fesses. Le curé relève ses pieds qui touchent presque la surface de l'eau.

L'INSTITUTEUR

Ne me serrez pas les côtes comme ça, mon vieux. Et puis, vous me mettez vos souliers sous le nez.

LE CURÉ *(qui explore du regard la rive de l'île)*

C'est que la position est fort incommode, cher ami.

L'INSTITUTEUR

Oui, c'est ça, plaignez-vous. Vous, vous ne portez aucun poids.

LE CURÉ

Si, cher ami. Je porte le poids de ma responsabilité. Et de plus, vous avez dans le dos un os qui m'incommode fort.

L'INSTITUTEUR

Excusez-moi. Je le ferai enlever pour la prochaine fois.

LE CURÉ

Je vous en serai bien reconnaissant. Avancez encore de quelques pas. Et puis, nous essaierons quelque chose.

L'INSTITUTEUR *(goguenard)*

Une prière ?

LE CURÉ

Les prières sont faites, mon cher ami. Nous essaierons un appel.

L'INSTITUTEUR *(qui s'enfonce)*

Quel métier ! Nom de... d'une pipe...

LE CURÉ *(il s'accroche à son cou)*

Oui, d'une pipe. C'est mieux. Hue ! cocotte ! Encore quelques pas.

L'INSTITUTEUR

Mon vieux, moi je t'avertis que je commence à m'enfoncer.

LE CURÉ

Vas-y quand même, mais surtout ne me lâche pas. *(Brusquement.)* Je vois le berger.

SUR L'ÎLE

Le berger qui est revenu au bord de l'île regarde s'avancer l'expédition. Le curé fait un grand signe de croix. Le berger s'enfuit en courant, et va jusqu'à la porte de la hutte.
Aurélie lève les yeux vers lui.

LE BERGER *(affolé)*

Le curé est là. Il va toucher l'île... J'ai peur.

AURÉLIE

De quoi ?

LE BERGER *(désespéré)*

Aurélie, nous sommes dans le péché.

AURÉLIE

Elle se lève, elle le regarde tristement, et avec amertume.

Va-t'en, imbécile...

LE BERGER

Aurélie...

AURÉLIE

Va-t'en.

Elle sort de la hutte. Elle marche vers la rive. On entend au loin un appel du curé : Aurélie ! Madame Aurélie ! *Et nous le voyons au-dessus des roseaux.*

LE CURÉ

Madame Aurélie !

Sur la rive, Aurélie paraît. Elle se découpe, toute droite, immobile.

Aurélie, brebis égarée, vous avez suivi le mauvais berger... Voici, Aurélie, ce que je suis venu vous dire...

Et pendant que l'instituteur s'avance vers elle, nous passons de l'autre côté de l'île. Le berger l'a traversée en courant. Le voici qui s'avance dans l'eau, et qui part soudain à la nage, droit vers le soleil couchant.

DANS LE FOURNIL

Le boulanger balaie avec application, et Miette le regarde faire. Il a préparé une petite table, avec un seul couvert. Il y a des fleurs dans un vase.

LE BOULANGER *(à Miette)*

Je sais qu'il lui dira ce qu'il faut. C'est un curé que, quand il parle, on est forcé de l'écouter.

LE MARQUIS *(il entre, joyeux et décidé)*

Qu'est-ce que tu fais là, boulanger ?

LE BOULANGER

Je suis sûr qu'elle va revenir, monsieur le Marquis. Alors je prépare...

LE MARQUIS *(avec force)*

Tu prépares quoi ? Veux-tu bien laisser ce balai. Qui m'a foutu un idiot pareil ! *(Il lui arrache le balai.)* Sais-tu ce qu'il faut faire avec ce balai ? Il faut scier le manche pour que tu l'aies bien en main. Et quand elle reviendra tout à l'heure tu vas me lui foutre une danse qui lui persuadera la vertu.

MIETTE

Mon Dieu !

LE BOULANGER

Oh ! que non, monsieur le Marquis ! J'ai déjà frotté la chambre, j'ai fait les vitres, j'ai fait le lit...

LE MARQUIS

Ah ! bon ! Tu n'es donc pas cocu par accident : tu es cocu de naissance... Balaie, mon ami, balaie.

Il lui rend le balai.

À LA FONTAINE DU VILLAGE

Quelques dames remplissent leurs cruches en devisant.

MIETTE

Le curé, l'instituteur et Maillefer ? Té, il lui faut que ça pour la ramener, cette adultère, qu'elle me fera dire !

CÉLESTE

Et vous croyez qu'elle va rester ici ? Oh ! pas plus ! Le premier qui passe...

MLLE ANGÈLE

Moi, je trouve que vous manquez de charité chrétienne. Vous devriez avoir pitié d'une malheureuse qui va griller dans les flammes de l'Enfer... Bien sûr qu'elle repartira avec le premier venu. Bien sûr qu'elle vous prendra vos maris l'un après l'autre... Bien sûr qu'elle a le diable dans le sang et la méchanceté dans tout le corps... Mais ce n'est pas à nous de juger, et nous devons aimer notre prochain comme nous-mêmes.

CÉLESTE *(pensive)*

Moi, ce qui me dégoûte un peu, c'est qu'elle va tripoter le pain.

DANS LE FOURNIL

Le boulanger prépare des seaux d'eau et des sacs de farine. Le marquis le regarde toujours.

LE MARQUIS

Tu vas pétrir ?

LE BOULANGER

Non, monsieur le Marquis. Je n'aurais pas la force avant de l'avoir vue. Mais je prépare tout.

Il continue ses préparatifs.

L'INSTITUTEUR *(il entre)*

Bonjour, messieurs. *(Un temps.)* Notre boulangère est en bas.

LE BOULANGER

Où ?

L'INSTITUTEUR

Au pied de la montée. Elle s'est assise un moment sous la tonnelle du Papet. Elle est avec M. le Curé qui lui fait un peu la morale.

LE BOULANGER *(inquiet)*

Pas de morale méchante, au moins ?

L'INSTITUTEUR

Ma foi, la morale, ce n'est jamais très gentil.

LE BOULANGER

Enfin, il ne la fait pas pleurer ?

L'INSTITUTEUR

Non, au contraire, il la console...

LE BOULANGER

Merci. *(Un temps.)* Elle ne veut pas venir ?

L'INSTITUTEUR

Elle ne veut rencontrer personne. Elle a honte. Alors,

elle attend la nuit. Elle a dit que si elle voyait un seul habitant du village, elle s'en retournerait.

LE BOULANGER

C'est la pudeur, ça. Qu'est-ce que vous voulez ? C'est la pudeur.

L'INSTITUTEUR

Antonin et Casimir sont en train d'avertir le village. Dès que la nuit tombera, on fera rentrer tout le monde, et surtout les femmes. Moi, je vais lui envoyer un cheval, parce qu'elle est bien fatiguée.

LE BOULANGER

Peuchère ! Elle en aura fait du cheval depuis deux jours. Et le berger ?

L'INSTITUTEUR

Il a eu peur. Il s'est sauvé à la nage.

LE BOULANGER *(au marquis)*

Vous allez le reprendre ?

LE MARQUIS

S'il revient, je l'enverrai à mon mas en Camargue.

LE BOULANGER

C'est ça. *(Il regarde bien le marquis.)* Il vaudrait mieux qu'il ne revienne plus chercher le pain. *(Lentement et à voix basse.)* Il vaudrait mieux.

AU PIED DU VILLAGE

Il y a le cimetière, entouré de hauts cyprès. Contre le tronc d'un gros cyprès, Aurélie cache son visage. Debout auprès d'elle, le jeune prêtre, lentement, et avec une immense pitié, lit la plus belle page de l'Évangile.

LE CURÉ

Alors les Scribes et les Pharisiens lui amenèrent une femme qui avait été surprise en délit d'adultère, et l'ayant placée au milieu de la foule, ils dirent à Jésus : « Maître, cette femme a été prise en flagrant délit d'adultère ; or, Moïse nous a ordonné dans la Loi de lapider ces sortes de personnes ; et toi, qu'en dis-tu ? »

Ils disaient cela pour le mettre à l'épreuve, afin de pouvoir l'accuser ; mais Jésus, s'étant baissé, écrivait avec le doigt sur la terre. Comme ils continuaient à l'interroger, il se releva et leur dit : « Que celui de vous qui est sans péché lui jette la pierre le premier. » Et s'étant baissé de nouveau, il écrivait sur la terre. Quand ils entendirent ces paroles, ils sortirent l'un après l'autre en commençant par les plus âgés, et Jésus resta seul avec la femme qui était là, au milieu. Alors Jésus s'étant relevé et ne voyant personne, que la femme, lui dit : « Femme, où sont-ils ceux qui t'accusaient ? Personne ne t'a-t-il condamnée ? » Elle répondit : « Personne, Seigneur. » Alors Jésus lui dit : « Moi non plus, je ne te condamne pas. Va, et ne pèche plus. »

DANS UNE RUE

Devant la maison d'Antonin.

MIETTE

Mon Dieu ! C'est un ostensoir, cette femme, qu'on ne peut pas la regarder ?

ANTONIN *(qui la pousse vers la maison)*

C'est la consigne. Les volets fermés, et personne dans la rue ; autrement, elle s'en va, et le pain s'en va avec. Et si c'est par ta faute que le pain s'en va, moi j'irai travailler ailleurs, dans un village où il y aura du pain. Sans compter la rouste que je te laisserai en souvenir.

MIETTE

Bon, bon... Si c'est pour le pain. Bon.

Elle rentre en maugréant, et ferme les volets. Antonin s'en va plus loin.

AU COIN D'UNE RUE

Casimir arrive en courant et rencontre M. l'Instituteur. C'est justement lui qu'il cherchait.

CASIMIR

Monsieur l'Instituteur, ça s'arrange bien partout, avec quelques petites calottes conjugales... Mais enfin, ça va. Seulement il y a Mlle Angèle qui veut pas rentrer... Et elle n'a pas de mari pour lui expliquer comme il faut...

L'INSTITUTEUR

Où est-elle ?

CASIMIR

Elle est plantée au milieu de la rue, près de la maison du boulanger, et juste sous le réverbère.

L'INSTITUTEUR

Laissez faire. J'y vais.

Il part joyeusement.

DANS LA RUE DEVANT LA BOULANGERIE

Mlle Angèle attend toute droite et l'air pincé. Elle parle à haute voix, toute seule.

MLLE ANGÈLE *(avec violence)*

Ah ! mais non ! Pas avec moi !

L'instituteur s'approche dans l'obscurité. Il fait : « Hum ! »

N'insistez pas... C'est inutile...

L'INSTITUTEUR *(innocent)*

Tiens... Bonsoir, mademoiselle Angèle ! De quoi parlez-vous ?

MLLE ANGÈLE

Je ne bougerai pas d'ici. Je tiens à voir le piteux retour de la pécheresse... Ah ! Il est défendu de la regarder ! Eh bien, je la regarderai moi, et sous cette lampe, pour qu'elle me voie !... S'il suffit d'être une femme perdue pour être la reine d'un village, alors, à quoi ça sert, la vertu ?

L'INSTITUTEUR *(luxurieux)*

A rien, ma douce Angèle, à rien du tout. Je suis heureux

que tu t'en aperçoives... Tu as gaspillé quarante ans ma belle Angèle... Mais nous allons réparer ça tout de suite ! Viens... Viens que je dénude cette gorge... Que je flatte cette croupe...

Il lui tapote les fesses.

Angèle s'enfuit, épouvantée. Elle crie : « Au secours ! » L'instituteur court derrière elle. Elle tourne au coin d'une rue, il la suit. Dans la rue suivante, elle s'arrête devant une porte, au moment où l'instituteur paraît au coin de la rue. Elle s'engouffre dans la porte qu'elle referme brutalement. On l'entend tirer des verrous. L'instituteur tourne doucement la clef restée dans la serrure et la met dans sa poche. On entend une fenêtre qui s'ouvre au premier. Angèle paraît.

MLLE ANGÈLE

Psstt...

L'INSTITUTEUR *(passionné)*

Ta bouche... Donne-moi ta bouche !

MLLE ANGÈLE *(à voix basse)*

Allons, allons, ne dites pas des choses pareilles ! Si vous avez une proposition sérieuse à me communiquer, venez au grand jour, et devant ma mère, parce que je ne suis pas celle que vous croyez.

L'instituteur s'en va en rigolant.

A l'entrée du village, il tire un sifflet de sa poche, et il siffle trois fois.

DANS LA BOULANGERIE

LE BOULANGER *(écoute le sifflet)*

Voilà le signal.

LE MARQUIS

Bon. Je te laisse, boulanger. Je vais m'enfermer au *Cercle* avec Casimir. S'il y avait quelque chose, tu me ferais prévenir.

LE BOULANGER

Bon.

Le marquis sort.

SUR LA MONTÉE DU VILLAGE

La boulangère est assise sur un cheval. Le curé tient la bride. Elle baisse la tête en silence.

DANS LES MAISONS

Les persiennes sont fermées, tout le monde est aux fenêtres, essayant de regarder par des trous.

Dans un grand silence, on entend les sabots du cheval qui ramène la pécheresse.

DEVANT LA BOULANGERIE

Les portes sont fermées. Seule, la petite porte basse du milieu est ouverte, et laisse échapper une vive lumière.

Le cheval arrive dans cette lumière. Le curé l'arrête. Il tend la main à Aurélie.

LE CURÉ

Voici votre foyer, ma fille. Priez un moment, Dieu vous aidera... Que la paix soit avec vous.

Il prend le cheval par la bride. Il s'éloigne. Aurélie demeure un instant immobile puis elle entre bravement et elle referme la porte derrière elle.

Elle reste debout contre la porte qu'elle vient de fermer. Elle lève les yeux. Au fond, devant le four, il y a Aimable qui la regarde. Un assez long silence. Enfin Aurélie parle.

AURÉLIE *(à voix basse)*

Pardon.

LE BOULANGER

Pardon de quoi ?

AURÉLIE

De ce que j'ai fait.

LE BOULANGER

Ce que tu as fait, qui te le demande ?

AURÉLIE

Tu le sais ?

LE BOULANGER

Forcément que je le sais.

AURÉLIE

Je t'ai fait du mal ?

LE BOULANGER *(d'un ton dégagé)*

J'ai été beaucoup inquiet. Parce que tu ne me l'avais pas dit. Tu pars, toi, comme ça, quand ça te prend. Et tu ne m'avertis pas. Tu ne me dis même pas où tu avais mis la boîte du café, ni mes mouchoirs, ni mon bouton de col. Je le cherche depuis deux jours. Tu as eu envie de voir ta mère : je le comprends, je ne te le reproche pas. Tu n'as pas voulu me le dire, parce que je suis un peu trop autoritaire... D'accord, je le comprends. Mais ta mère, est-ce qu'elle ne pouvait pas me rassurer ? Enfin, tout de même, elle a été raisonnable puisqu'elle t'a envoyée tout de suite. Tu n'as pas eu froid au moins ?

AURÉLIE

Qu'est-ce que ça peut faire ?

LE BOULANGER

Beaucoup. Maintenant que je suis si content de te revoir, tu ne vas pas me faire une maladie ? Viens t'asseoir, viens, ne reste pas là.

Il l'emmène dans le fournil. Et dans le fournil, il y a la petite table toute prête, avec un poulet rôti, une bonne bouteille, et un petit pain en forme de cœur.

LE BOULANGER

Assieds-toi là, ma belle. Tu dois avoir faim ? Tiens, j'avais préparé à manger pour moi, parce que je ne savais pas si tu reviendrais ce soir. Mange, va, moi j'ai pas faim.

AURÉLIE

Elle a brusquement de grosses larmes.

Ne me pardonne pas comme ça. Ça me fait mal.

LE BOULANGER *(avec douceur)*

Ne me parle plus de pardon, parce que tu finirais par me donner des idées.

Il prend le seau et commence à verser de l'eau dans le pétrin. Aurélie le regarde, immobile.

LE BOULANGER

Ça t'étonne, de me voir pétrir à ces heures-ci ?

AURÉLIE *(absente)*

Je ne sais pas.

LE BOULANGER

Écoute, il faut que je t'avoue quelque chose. Depuis que tu es partie, je ne me suis pas bien conduit. *(Elle lève les yeux vers lui, effrayée.)* N'aie pas peur ; ce n'est pas bien grave. Mais enfin, comme j'étais seul, j'en ai profité pour boire des apéritifs. Eh oui ! C'est une envie qui m'est venue, comme ça, bêtement. Une espèce de coup de folie... Un coup de folie, ça peut tomber sur tout le monde... D'ailleurs, ça m'a rendu malade comme un chien, et aujourd'hui, je n'ai pas fait de pain. Alors, dans le village, ça les a bien ennuyés, et je leur ai promis de leur en faire pour ce soir. Voilà, voilà la vérité.

Il retourne à sa farine et à ses seaux. Aurélie prend sur la table le petit pain doré, en forme de cœur.

AURÉLIE

Et celui-là, qui est-ce qui l'a fait ?

LE BOULANGER *(gêné)*

C'est moi. Il a une drôle de forme, une forme comique... Je l'ai cuit dans le four du poêle de la cuisine... J'ai jeté un morceau de pâte dedans, au hasard... Et regarde un peu comme cette pâte est allée tomber ! Enfin, je n'ai fait que celui-là, pour toi. Enfin, pour moi. Je dis pour toi parce que c'est toi qui vas le manger... Mange, Aurélie. Fais-moi ce plaisir. Mange.

Il va au pétrin. Il commence à brasser la pâte. Aurélie, qui pleure, se met à manger. D'abord, du bout des lèvres. Puis de bon appétit, parce qu'elle est jeune, et qu'elle a faim. Elle le regarde longuement.

AURÉLIE

Aimable, une bonté comme la tienne, c'est pire que des coups de bâton.

LE BOULANGER *(qui tire la pâte)*

Que veux-tu, la bonté, c'est difficile à cacher. Alors, excuse-moi. Je ne le fais pas exprès, et je te demande pardon.

AURÉLIE

Tu sais tout ?

LE BOULANGER

Moi. Oui. Tout ce qui concerne le pain. Et ça me suffit. Je ne veux savoir rien d'autre. A quoi ça me servirait ?

AURÉLIE

A ne pas être ridicule.

LE BOULANGER

Il se relève, il fait un pas vers elle. Il est tout pâle.

Tu ne veux pas que je sois ridicule ?

AURÉLIE

Non.

LE BOULANGER

C'est la première et la seule parole d'amour que tu m'aies dite... Alors, je ne sais plus quoi faire.

Il reste là, et au bout de ses bras ballants pendent ses grosses mains, que la pâte épaissit encore. Et tout à coup, il tourne la tête vers la petite porte qui conduit à la cave : par la chatière, la chatte noire, la Pomponnette, vient d'entrer. Le boulanger la regarde un instant, et il prend un air sévère.

LE BOULANGER

Ah ! Te voilà, toi ? *(A sa femme.)* Regarde, la voilà la Pomponnette... Garce, salope, ordure, c'est maintenant que tu reviens ? Et le pauvre Pompon, dis, qui s'est fait un mauvais sang d'encre pendant ces trois jours ! Il tournait, il virait, il cherchait dans tous les coins... Plus malheureux qu'une pierre, il était... *(A sa femme.)* Et elle, pendant ce temps-là avec son chat de gouttières... Un inconnu, un bon à rien... Un passant du clair de lune... Qu'est-ce qu'il avait, dis, de plus que lui ?

AURÉLIE

Elle baisse la tête.

Rien.

LE BOULANGER

Toi, tu dis : « Rien. » Mais elle, si elle savait parler, ou si elle n'avait pas honte — ou pas pitié du vieux Pompon — elle me dirait : « Il était plus beau. » Et qu'est-ce que ça veut dire, beau ? Qu'est-ce que c'est, cette petite différence de l'un à l'autre ? Tous les Chinois sont pareils, tous les Nègres se ressemblent, et parce que les lions sont plus forts que les lapins, ce n'est pas une raison pour que les lapines leur courent derrière en clignant de l'œil. *(A la chatte, avec amertume.)* Et la tendresse alors, qu'est-ce que tu en fais ? Dis, ton berger de gouttières, est-ce qu'il se réveillait, la nuit, pour te regarder dormir ? Est-ce que si tu étais partie, il aurait laissé refroidir son four, s'il avait été boulanger ? *(La chatte, tout à coup, s'en va tout droit vers une assiette de lait qui était sur le rebord du four, et lape tranquillement.)* Voilà. Elle a vu l'assiette de lait, l'assiette du pauvre Pompon. Dis, c'est pour ça que tu reviens ? Tu as eu faim et tu as eu froid ?... Va, bois-lui son lait, ça lui fait plaisir... Dis, est-ce que tu repartiras encore ?

AURÉLIE

Elle ne repartira plus...

LE BOULANGER *(à la chatte, à voix basse)*

Parce que, si tu as envie de repartir, il vaudrait mieux repartir tout de suite : ça serait sûrement moins cruel...

AURÉLIE

Non, elle ne repartira plus... Plus jamais...

Elle s'est élancée vers lui, elle baise la grosse main toute gluante de pâte, puis elle se blottit contre lui.

LE BOULANGER

Qu'est-ce que tu as, Aurélie ? Qu'est-ce qu'il te prend ?

AURÉLIE

Je ne sais pas. Je ne suis pas bien.

LE BOULANGER

Si tu allais te coucher ?

AURÉLIE

Non, je veux rester près de toi... J'ai froid.

LE BOULANGER

Écoute, c'est le moment de rallumer le four. Viens, ça nous réchauffera tous les deux.

Il va vers le four, il ouvre la grosse porte de pierre. Elle l'a suivi jusque-là. Il prend un morceau de fil de fer qui porte un petit chiffon, il le trempe dans un couvercle de boîte en fer-blanc, qui est plein d'alcool. Puis il allume le tampon à la lampe, et il approche des fagots la petite flamme bleue. Timidement, Aurélie arrête son bras.

LE BOULANGER *(pensif)*

Oh ! ça, ça serait bien... Ça serait juste... *(Il lui donne la petite flamme.)* Il s'éteint quand tu t'en vas, tu l'allumes quand tu reviens. C'est naturel.

Aurélie plonge la flamme dans les fagots de bois de pin, et, tout à coup, le feu crépite. Le boulanger regarde l'incendie ; un peu de fumée vient dans le fournil. Le boulanger s'essuie les yeux, et en riant, il dit :

LE BOULANGER

Cette fumée, j'ai beau en avoir l'habitude. Elle m'a toujours fait pleurer.

FIN

MERLUSSE

Film réalisé pour la première fois par l'auteur en 1935 au lycée Thiers à Marseille

Réalisé pour la télévision par Georges Folgoas en 1965

PRÉFACE

Ce film de court métrage fut tourné pour la première fois en 1935, dans l'énorme bâtisse du vénérable lycée Thiers à Marseille.

Je l'écrivis sans grande ambition : il s'agissait de mettre à l'épreuve un nouvel appareil d'enregistrement du son, et il me parut raisonnable, pour cet essai, de réaliser une historiette de trente à quarante minutes plutôt que de risquer une « grande production ».

Bien m'en prit, car le son se révéla bientôt irréparablement bigophonique : cependant, je résolus d'aller jusqu'au bout de l'expérience, car j'étais enchanté par le jeu des petits comédiens et je voulais voir mon ouvrage sur l'écran avant de le recommencer, s'il en valait la peine.

L'expérience me sembla réussie en ce qui concernait l'histoire et l'interprétation : c'est pourquoi, après une mise au point satisfaisante du bigophone, nous réalisâmes une seconde version de Merlusse, *avec l'immense avantage d'en avoir sous les yeux un brouillon.*

Le rôle principal était joué par Henri Poupon, qui fut un personnage étonnant et un très grand comédien : il a été, dans Angèle *et dans* Regain, *comparable à Raimu.*

Henri était d'abord un « parolier », c'est-à-dire qu'il écrivait de petits poèmes dont un compositeur faisait des chansons.

Il en a écrit plus de cent vingt, dont une vingtaine furent célèbres comme : C'est pareil, mais c'est pas la même chose, Tu n'as fait que passer, Sérénade à l'Inconnue, Elle est pratique, Je sais que vous êtes jolie, *et beaucoup d'autres qui obtinrent de brillants succès.*

Dans ces moments de gloire, Henri était éblouissant. Deux grands yeux de velours sous un feutre noir lustré, un grand nez de condottiere, une cape bleu nuit doublée de satin rouge : bien des passantes en ralentissaient leur marche et se demandaient visiblement qui était ce seigneur.

Un mois plus tard, sur les quais de Bandol, le seigneur, vêtu d'une chemise entrebâillée sur une fourrure noire et d'un pantalon de velours à côtes, jouait aux boules sur des espadrilles chevelues et sous un chapeau de paille qu'un mendiant n'eût pas ramassé. Il avait dépensé en quelques semaines des sommes considérables, d'abord pour payer d'anciennes dettes, puis en banquets, cadeaux et largesses, et se retirait dans sa ville natale pour y jouer aux boules et rêvasser pendant quelques semaines.

Parce qu'il avait honnêtement délégué ses droits d'auteur à ses créanciers, il ne recevait plus qu'un peu d'argent de poche, mais il avait un merveilleux ami, propriétaire d'un très plaisant hôtel sur le quai du petit port.

Au rez-de-chaussée s'ouvrait un café-restaurant, dont la terrasse était bordée par d'antiques palmiers.

C'est là que je le trouvai un jour, commodément installé sur une chaise longue. L'hôtelier, assis comme un client, lisait un journal grand ouvert qui cachait son visage. C'était un matin de la fin juin, les premières estivantes passaient devant nous, sous les palmiers, la mer était bleue et brillante, on entendait le bourdonnement d'un hors-bord et une querelle de joueurs de boules. Henri, les sourcils froncés, me parut de mauvaise humeur, et je m'en étonnai. Il me répondit sur un ton sarcastique.

— Mon cher, je viens encore de monter d'un étage. Maintenant, je suis au troisième.

Ces paroles étaient mystérieuses, et d'autant plus qu'il les avait prononcées à haute voix, en regardant le journal grand ouvert, comme pour provoquer une réponse ; mais le journal ne bougea pas. Il reprit alors :

— Je vais t'expliquer la technique de Monsieur. Entre novembre et mai, j'habite au PREMIER étage. Une chambre très grande, confortable, insonorisée, je dirais même une chambre luxueuse, où je me sens chez moi. C'est MA chambre. Or, le 15 mai dernier, un soir, à six heures, je vais dans MA chambre pour prendre une douche. Je me déshabille complètement, j'entre dans ma salle de bains, et que vois-je ? Un grand blond tout nu, debout dans ma baignoire, qui se frotte le dos avec une brosse qui avait un manche d'un mètre, et qui me dit quelque chose en anglais. Je cours au téléphone, et la réception me dit : « On ne vous a pas prévenu ? Ce monsieur est lord Machin, le fils de l'ambassadeur. Vous, on vous a mis au second, au 14. » Tout simplement. Quinze jours après, Monsieur, — ce monsieur qui se cache derrière le Petit Provençal *— Monsieur me dit, en se frottant les mains : « Le marquis de La Fregonnière est arrivé, alors je t'ai mis au troisième, au 24. Tu as une vue magnifique sur la mer. » Enfin, aujourd'hui, on m'a monté au quatrième pour laisser ma chambre — tu ne devineras jamais à qui — à un Allemand ! Une brute gonflée de choucroute, très probablement un espion, qui serait bien mieux à sa place, couvert de chaînes, dans une cellule du*

fort Saint-Nicolas. S'il en arrive encore un autre, un pédéraste phtisique ou un roi nègre lépreux, je serai projeté à l'étage des chambres de bonnes. Ça m'est arrivé l'année dernière : une chambre si petite que, pour m'étirer le matin, il fallait ouvrir la fenêtre. Et tout ça pourquoi ? Parce qu'en ce moment, je n'ai pas d'argent !

A ces mots, le journal tomba sur la table et l'hôtelier souriant déclara en toute simplicité :

— Eh oui ! C'est pour ça ! Et ce n'est que pour ça !

— Tu entends ? s'écria Henri. Il l'avoue !

— Mais oui, je l'avoue ! Parce qu'imagine-toi que, tous les mois, il vient ici un homme qui porte une casquette à visière vernie. Il va regarder les compteurs de gaz et d'électricité, et il avoue que la Compagnie va m'envoyer une facture ! Et pour l'eau, c'est la même chose !... Et le personnel, le boucher, le boulanger, tout ça vient m'avouer, à la fin du mois, qu'il faut leur donner de l'argent ! Alors, si je ne loue pas mes meilleures chambres pendant la saison à des gens qui me paient comptant, comment veux-tu que je me débrouille ?

A ces mots, Henri, le menton pointé et les yeux mi-clos, répondit noblement :

— Tu me poses une question d'hôtelier, et je ne suis pas hôtelier. Je suis un artiste et un créateur — et je te prie de reconnaître que je t'ai toujours payé.

— C'est la vérité.

— Et tu sais que je te paierai.

— J'en suis sûr ! Mais quand ?

— Dès que je le saurai je te le dirai. Il est évident qu'en ce moment...

— En ce moment, je ne te réclame rien !

— C'est vrai, mais de temps en temps, tu me lances des regards avides et tu fais des allusions déplaisantes. Hier soir,

quand j'ai invité les joueurs de boules à l'apéritif, tu as pris tout à coup un air contrarié, et tu es venu dire : « C'est moi qui l'offre. » Ce qui signifiait en sous-entendu — « parce que je sais bien qu'il ne me le paiera pas » !

L'hôtelier se tourna vers moi.

— Voilà ce qu'il va imaginer ! Et puis il ne vous dit pas tout : il parle de sa montée dans les étages, mais il ne parle pas de la descente ! Il sera bientôt aux chambres de bonnes, ça c'est vrai. Mais vers le 1er septembre, il descendra au quatrième, vers le 10, au troisième, puis au second, puis au premier, où il restera tout l'hiver.

— C'est justement ça qui est humiliant... Je monte, puis je descends, puis je remonte, comme le petit bonhomme dans le bocal, comme un ludion. Voilà ce que je suis : le ludion de cet hôtel !

Pourtant Henri aurait pu faire une très belle carrière de comédien, s'il l'avait voulu.

***

Je reçus un jour, à Paris, la visite d'un important producteur qui me demanda de lui « prêter » Henri Poupon pour un grand film. Il ne m'appartenait nullement. Je compris qu'il s'était déclaré lié par un contrat d'exclusivité pour me confier la discussion de son engagement, et je ne le démentis pas.

Il s'agissait d'un film de long métrage, Les Grands, *de Pierre Wolff. On lui offrait la première vedette homme, avec son nom au-dessus du titre, en lettres aussi grandes que celui de Gaby Morlay, qui le précédait. J'obtins pour lui cent mille francs, en 1935.*

Dès que le producteur fut sorti de mon bureau, j'appelai Bandol au téléphone. Au premier appel, l'hôtelier alla le chercher, puis revint me dire qu'il me rappellerait plus tard, parce qu'il tenait à finir une partie de boules qu'il menait par 12 à 7 devant un champion professionnel. Il ne me rappela qu'une heure plus tard, et m'accusa de lui avoir fait perdre la partie, parce qu'on l'avait « dérangé », ce qui avait déréglé son tir.

Je lui annonçai la grande nouvelle. En vedette Gaby Morlay et Henri Poupon, premier rôle masculin, au-dessus du titre, cent mille francs. Il poussa quatre fois une exclamation d'enthousiasme, puis me remercia avec une vénérable émotion. Je lui annonçai que c'était le début d'une grande carrière, et il en riait de plaisir. Puis il me demanda :

— A quelle heure le début du tournage?

— Dans dix jours.

— Où ?

— A Paris. Je vais dicter ton contrat, que je t'enverrai ce soir, et j'avertis notre agence de Marseille pour qu'on retienne ton wagon-lit.

— Si vite que ça ?

— Bien sûr.

Il se tut un instant, puis après une petite hésitation, il dit :

— Écoute-moi bien. Je suis déjà au second étage. C'est te dire que les premiers « shorts » sont arrivés. A l'hôtel, il y a une nouvelle caissière, qui est ravissante, et je crois bien que j'ai de grandes chances de me l'approprier pour au moins deux mois. Et puis, je suis en grande forme pour les boules, et j'ai accepté de faire équipe avec Cabanis, l'ébéniste, et Naz de Cabre, pour le championnat de France à Nice. Comme second tireur, PERSONNE ne peut me remplacer... Alors demande à ce producteur s'il ne peut pas remettre ça au mois de septembre.

J'allais lui répondre par des injures, lorsqu'il hurla :

— Voui. J'arrive ! Marcel, excuse-moi, on m'appelle. Parpelle veut tirer au bouchon, je suis sûr qu'il va le manquer, et ça serait une catastrophe. Excuse-moi.

Et il raccrocha.

Non, il n'a pas signé le contrat, il a refusé la chance qui était venue à sa rencontre. C'est Francen qui joua le rôle, et ce grand comédien y obtint un très beau succès personnel. Henri m'en parla plus tard avec sa générosité et sa modestie habituelles. Il me dit : « Tu vois comme j'ai bien fait de ne pas signer. Je n'aurais pas été capable de le jouer comme lui. »

Il a donc manqué une très brillante carrière de comédien, mais il n'a pas manqué sa vie. Aimé par tous ceux et toutes celles qui l'ont connu, il a vécu selon ses goûts, et ce fut un homme parfaitement heureux.

DISTRIBUTION

		1935	1965
MERLUSSE	:	*Henri Poupon*	*Georges Wilson*
LE PROVISEUR	:	*André Pollack*	*J.-P. Moulinot*
LE CENSEUR	:	*Thommeray*	*René Clermont*
LE SURVEILLANT GÉNÉRAL	:	*André Robert*	*Guy Kerner*
LE CONCIERGE	:	*A. Rossi*	*Daxely*
LE GARÇON	:	*Rellys*	*A. Guichard*
PHILIPPAR	:	*D'Armans*	*Mars-Poly*
LUPIN	:	*Avierinos*	*Charmel*
DELACRE	:	*Dernard*	*H. Vermeil*
CERNIN	:		*Michel Fontaine*
NATHALIE	:	*Mme Toinon*	*Odette Charblay*
VILLEPONTOUX	:	*Le petit Jacques*	*Frank David*
CATUSSE	:	*Bruno*	*Jean-Yves Breton*
GALUBERT	:	*Jean Castan*	*Chr. Fourcade*
PIC	:	*John Dubrou*	*Olivier Vasserot*
GODARD	:		*Patrick Bacot*
SAMBA	:		*Léopold Sanghor*
MACAQUE	:	*Le Van Kim*	*André Cheng*

ET LES ENFANTS.

PERSONNAGES SECONDAIRES

LUPIN : C'est le plus vieux des répétiteurs. Petite barbe blanche. Propret sans être distingué. Il peut avoir un accent.

DELACRE : Moins de quarante ans. Trente-cinq si l'on veut. Prétentions à l'élégance.

TROISIÈME RÉPÉTITEUR : Quarante-cinq ans. Gros et souriant.

PHILIPPAR : A la cinquantaine. Plutôt ventru et solennel.

M. CERNIN : Jeune surveillant d'internat qui prépare une licence. Sympathique et larmoyant.

M. BALLIVET : Ingénieur. Il a la quarantaine. Son appartement est cossu, sa femme est jolie. L'homme d'affaires qui lui parle est un barbu gras.

LE GRAND-PÈRE GEORGIADÈS : Ressemble au Moïse de Michel-Ange. Il est solennel et pathétique. A table, le grand-père ou la mère nouera la serviette au cou d'Aristote. On peut faire sortir du parloir un grand-père qui tient son petit-fils par la main.

La femme du concierge est une forte commère marseillaise.

NOTE SUR LES ENFANTS

GALUBERT : Il a seize ans environ. C'est le plus vieux de ceux qui resteront. Il est du Midi, mais peut être d'ailleurs. Son rôle est le plus important. Il faut un très bon comédien. Son père est dans les douanes, à Djibouti ou à Dakar.
CATUSSE : Quinze ans. Son père est officier de gendarmerie à Madagascar. Assez important.
PIC : Onze ou douze ans. Il est blond. Sa mère est aux Folies-Bergère à Paris.
AGASSIN : Douze ans. Son père commande un cargo.
SAMBA (le Noir) : Quatorze ou quinze ans. Il le faut robuste et sympathique.
GODARD : Treize ans. C'est un Pied-Noir. Son père cultive les mandariniers à Bougie. Léger accent.
VILLEPONTOUX : Onze ans. Sa mère est remariée. Elle habite Aix-en-Provence. Rôle important.
FALCONI : Quatorze ans. C'est un Corse de Corte. Accent corse assez prononcé.
N'GUYEN : Son père est roi d'une province du Laos, ou de l'Annam. Il a treize ans. Important.
ÉVENOS : Son père et sa mère sont des comédiens.
Il y a également une douzaine d'anonymes entre douze et treize ans.

CEUX QUI SORTENT

LES QUATRE FRÈRES GEORGIADÈS : L'aîné Socrate, quinze à seize ans ; Thémistocle, douze ans ; Périclès, onze ans ;

Aristote, dix ans. Ils portent tous les quatre le même pardessus gris à rayures, la même cravate, la même casquette et ils ont la même paire de gants. Leur père est un Grec de Marseille, un très riche transitaire qui a des comptoirs en Afrique et en Asie Mineure.

BERNARD (que sa mère vient chercher au parloir) : A douze ans. Très bien vêtu.

BALLIVET (celui qui frôle Merlusse en quittant la cour) : Très bien vêtu. On le retrouvera chez lui lorsque son père discute une affaire avec le barbu. Il a onze ans. Il est très petit.

Pour ceux que l'on vient appeler dans la cour ou en étude, *ad libitum.*

L'action se déroule en 1913
au lycée Thiers, à Marseille.

C'est la sortie d'un grand lycée, par un soir d'hiver, la veille de Noël. Sous la haute porte, grande ouverte, un flot d'enfants s'élance. Il y en a de tous les âges depuis dix ans jusqu'à dix-huit. Les grands allument tout de suite une cigarette. Les plus petits courent vers leurs parents qui les attendent. A travers cette foule joyeuse, nous entrons dans le vieux lycée.

La très grande cour de récréation est entourée d'un péristyle d'arcades à piliers carrés. Derrière ces piliers, une large galerie, le long de laquelle coule le fleuve d'élèves, canalisé par quelques « pions ».

Une dame élégante réussit à remonter le flot et s'approche du surveillant général qui est sur la porte de son cabinet.

La dame porte des renards bleus sur ses épaules, un manchon et une toque de la même fourrure ; le surveillant général porte une jaquette défraîchie par un usage quotidien, et une calotte de velours noir.

LA DAME

Pardon, monsieur : je viens chercher mon petit garçon pour les vacances, mais je ne sais pas à qui m'adresser.

LE SURVEILLANT GÉNÉRAL

Il est pensionnaire ?

LA DAME

Oui.

LE SURVEILLANT GÉNÉRAL *(galant)*

Ce n'est pas ici, madame. Il faut descendre à l'internat. Soit en faisant le tour par la rue du Lycée, soit en descendant l'escalier qui se trouve derrière cette porte. Vous suivrez un long couloir, et vous tournerez à droite dans un autre couloir, où vous trouverez le cabinet de mon collègue de l'internat qui vous renseignera.

LA DAME

Merci, monsieur.

LE SURVEILLANT GÉNÉRAL

Tout à votre service, madame.

La dame s'éloigne, ouvre la porte, et disparaît.

Nous la suivons dans les couloirs, pour révéler au spectateur l'immensité et la sévérité de cette caserne scolaire. Au croisement d'un autre couloir, deux élèves qui viennent de revêtir au dortoir leur costume « des dimanches » descendent un large escalier en bondissant. Un autre glisse à califourchon sur la rampe, et ils fuient vers le parloir. Puis on voit s'avancer un garçon de réfectoire qui porte sur sa hanche une grande corbeille de pain. Il quitte le couloir par un passage transversal. Nous le suivons et nous arrivons dans une cour de l'internat, où des enfants jouent. Il pose le panier de pain sur le sol et il attend. Deux ou trois garçons en blouse noire s'approchent et choisissent un morceau de pain. Puis, sur la porte, paraît le concierge, qui a une casquette de service. Il a une liste à la main et hurle :

LE CONCIERGE

Corbessas, Muraire, Barbarin, Mancini, au parlouar !

Les quatre appelés, qui ont leur costume de sortie, arrivent au galop et disparaissent dans le passage en frôlant le concierge.

LE GARÇON À LA CORBEILLE

Y a pas beaucoup de clients ce soir.

LE CONCIERGE

Tous ceux qui sortent, ils se réservent pour s'empiffrer à la maison.

LE GARÇON

Té, ceux qui en voudront, ils se le prendront !

Ils s'en vont tous les deux.

DANS LE CABINET DU PROVISEUR

Le proviseur est un homme sévère et sarcastique. Il est vêtu de noir, probablement en deuil, car il porte une cravate noire. Il n'est nullement ridicule, mais d'une gravité réfrigérante. Il siège derrière son bureau. Le censeur est debout. Il est d'une élégance recherchée. Jaquette, pantalons rayés, une perle à sa cravate, une chevalière au doigt.

LE PROVISEUR

Va-t-il nous rester beaucoup de pensionnaires pendant ces vacances ?

LE CENSEUR

Probablement une douzaine, comme l'an dernier. Les Noëls se suivent et se ressemblent. Nous aurons aussi une dizaine d'élèves des classes terminales, qui n'ont pas besoin de surveillance et qui sortent librement.

LE PROVISEUR

Le service est-il assuré ?

LE CENSEUR

Comme d'ordinaire. J'ai gardé deux surveillants d'internat, le sous-économe, un garçon de dortoir, un cuisinier, et le concierge assurera le service du réfectoire. Pour ce soir, M. Philippar surveille la récréation, et j'ai confié la dernière étude, de cinq à sept, à M. Blanchard, parce que c'est le dernier répétiteur arrivé. Il n'est ici que depuis la rentrée d'octobre.

LE PROVISEUR

J'ai justement parcouru son dossier cet après-midi, car l'Académie met à ma disposition, pour les répétiteurs, deux promotions et deux titres de professeur adjoint. J'ai déjà nommé M. Lupin, qui passe en première classe.

LE CENSEUR

Il le mérite certainement.

LE PROVISEUR

Et j'ai pensé à faire passer M. Blanchard en seconde classe, quoique je ne le connaisse que de vue ; mais je m'étonne qu'à son âge il ne soit encore qu'en troisième.

LE CENSEUR *(évasif)*

Il y a peut-être des raisons.

LE PROVISEUR

Lesquelles ? J'aimerais les connaître, car je pensais aussi à lui conférer le titre de professeur adjoint.

LE CENSEUR

Je croyais que, pour la deuxième classe, vous proposeriez en premier M. Delacre... Il est peut-être un peu jeune, mais c'est un répétiteur de tout premier ordre. Exact, assidu, sympathique...

LE PROVISEUR

Et assez fortement pistonné. Son beau-frère est quelque chose au ministère, n'est-ce pas ?

LE CENSEUR

Je crois, je crois ; mais vous savez bien que ce n'est pas pour ça que...

LE PROVISEUR

Je sais, je sais. Je vous en parle parce qu'on m'a déjà écrit à ce sujet. *(Il rêve un instant.)* Pour M. Blanchard, la chose est assez importante... S'il ne passe pas cette année en seconde classe, lorsqu'il sera mis à la retraite, il aura une pension inférieure au maximum qu'il peut espérer atteindre... S'il y passe, il aura presque automatiquement ce maximum...

LE CENSEUR

C'est exact.

LE PROVISEUR

Toutefois, ce sont là des considérations accessoires, car ce qui me paraît le plus important, c'est son rôle dans notre maison. Est-ce qu'il réussit auprès des enfants ?

LE CENSEUR

Son étude est bien tenue, il y règne une discipline parfaite. Mais les élèves ne l'aiment pas : il est laid.

LE PROVISEUR

Je crois pouvoir dire, sans trop m'avancer, qu'il préférerait être beau.

LE CENSEUR

Il pourrait tout de même prendre plus de soin de sa personne. Son pardessus élimé n'a plus de forme, son feutre noir tourne au verdâtre : il a toujours la même cravate qui est une sorte de chiffon, quant à ses chaussures, elles mériteraient le nom de « croquenots » et sont plus dignes d'un client des asiles de nuit que d'un professeur adjoint... les élèves l'appellent Merlusse.

LE PROVISEUR

Merlusse ? Pourquoi ?

LE CENSEUR *(presque pudique)*

Ils disent qu'il sent la morue.

LE PROVISEUR

Comme c'est curieux ! Est-ce qu'il sent vraiment la morue ?

LE CENSEUR

Je ne sais pas... Je ne crois pas... C'est sans doute son apparence négligée qui a provoqué chez les enfants une impression olfactive peut-être imaginaire, mais désagréable...

LE PROVISEUR

Ne pourriez-vous pas — discrètement — lui dire ou lui faire dire par un de ses collègues que la tenue est un élément d'appréciation qui a une assez grande importance ?

LE CENSEUR

Je m'en garderais bien ! Et personne ne voudra s'en charger... C'est un ours... Il parle peu, et c'est pour grogner ; et il a fort mauvais caractère.

LE PROVISEUR

Oui, j'en ai eu des échos.

LE CENSEUR

Le dixième jour de son arrivée, en octobre, il a eu au parloir un incident assez violent avec un parent d'élève. Un boucher. Celui-ci déclarait que son fils avait été puni injustement, et il a dit à M. Blanchard : « Quand les pions sont borgnes, les punitions tombent à l'aveuglette. »

LE PROVISEUR

Voilà un compliment bien tourné !

LE CENSEUR

M. Blanchard lui a répondu par une paire de claques épouvantables. Le boucher ne retrouvait plus la porte du parloir...

LE PROVISEUR *(charmé)*

M. Blanchard a eu tort. Il a eu grand tort... Pourquoi n'ai-je pas été informé officiellement de l'incident ?

LE CENSEUR

Au moment où je préparais mon rapport, le boucher est venu me voir : il avait appris que la blessure à l'œil de M. Blanchard était une blessure de guerre : il lui a fait des excuses et m'a demandé d'étouffer la chose.

LE PROVISEUR

Il a eu raison. Voilà un bon boucher. Voilà un incident en tout point ravissant.

LE CENSEUR

Peut-être ; mais lorsque ses collègues ont appris que Blanchard assommait les bouchers, ils l'ont considéré comme un sauvage, et ils n'ont pas tout à fait tort.

LE PROVISEUR

J'espère qu'il ne brutalise pas ses élèves ?

LE CENSEUR

Je dois dire que je n'ai jamais reçu la moindre plainte à ce sujet, mais les enfants ont l'impression qu'il serait capable de le faire. Bref, voilà tout le bien et tout le mal que je pense de lui : consciencieux, exact, mais vraiment trop peu soigneux de sa tenue, peu sympathique à ses collègues, et redouté par les élèves. J'ajoute que lorsque je le croise dans la rue, il ne me salue jamais. *(L'horloge du lycée sonne. Le censeur tire de son gousset une montre en or.)* Enfin, il est temps que j'aille au parloir surveiller la sortie des pensionnaires.

Il se lève.

Fondu.

Nous sommes maintenant dans le petit jardin à l'entrée de l'internat.

A droite, le bâtiment et la loge vitrée du concierge.

A gauche, la grande porte du parloir.

Trois répétiteurs sont assis sur le banc du jardin.

Un quatrième est debout et parle.

Sur le banc, il y a Lupin, dont la barbe est blanche. Il approche de la soixantaine. Il est très correctement vêtu, mais sans recherche. Delacre n'a pas quarante ans. Son pardessus est de bonne coupe, dans le genre sportif. Le troisième, qui ne dira rien, est assis sur le banc du jardin, a un pardessus confortable, un chapeau melon et un parapluie.

Celui qui est debout et parle, c'est Merlusse. Cinquante ans, peut-être moins. Il est grand et fort, un peu épais. Une courte barbe, à peine grisonnante. Feutre noir, pardessus au col de fourrure mangé aux mites. Au coin de son œil gauche, une cicatrice rouge descend sur sa joue. Sa voix est forte et rugueuse. Pendant qu'il parle, on verra passer derrière lui des mères, des pères ou des grands-pères d'élèves, qui entrent (seuls) au parloir, ou qui sortent avec leurs garçons.

MERLUSSE

La question n'est pas là. Deux heures d'étude de plus ou de moins, ça m'est égal, mais je n'aime pas qu'on me prenne pour un imbécile.

LUPIN *(se lève)*

Écoutez, Blanchard, je vous jure que c'est l'usage. La veille d'une fête, c'est toujours le dernier arrivé dans le lycée qui fait l'étude du soir. Le dernier arrivé c'est vous ! C'est à vous de prendre le service.

MERLUSSE

Mais, nom de Dieu, je ne suis pas un débutant ! Je suis le dernier arrivé ici, mais j'ai vingt-quatre ans de service ! Il est évident que, tant qu'il n'en arrivera pas un autre, je serai toujours le dernier arrivé. Mon prédécesseur, Girardin, avait la deuxième étude, celle de garçons déjà raisonnables, et j'aurais dû en hériter, mais M. Delacre *(il le montre du doigt)*, qui avait l'étude des moyens, la plus mauvaise et la plus nombreuse, a obtenu du censeur la chaire qui me revenait et on m'a collé son étude, qui était une pétaudière. Il m'a fallu trois semaines pour les reprendre en main !

Delacre hausse les épaules. Le vieux Lupin se lève.

LUPIN

Mais voyons, Blanchard, c'est naturel et c'est l'usage ! Quand il y a une vacance, ceux qui sont sur place depuis longtemps en profitent !

MERLUSSE

C'est évidemment l'excellente raison pour laquelle on m'a également confié la seconde moitié de la récréation de quatre à cinq, celle où il fait nuit en hiver. On me fait surveiller les consignes du jeudi, on m'envoie faire le gendarme dans les classes de dessin, et maintenant pour cette étude, au lieu de m'inscrire sur le tableau de service à la place de mon prédécesseur, on avance mon tour de cinq rangs et on m'offre l'étude de la veille de Noël ! Eh bien, je dis tout de suite qu'on se f... de moi. Un point, c'est tout.

Pendant cette tirade, on voit passer M. le censeur, qui va au parloir. Les trois répétiteurs le saluent. Merlusse, qui lui tourne le dos, le salue quand il a disparu.

LUPIN *(conciliant)*

Mais écoutez, Blanchard, vous faites l'étude de Noël, vous ne ferez pas celle de Pâques ! Vous ne ferez pas celle de Pentecôte, ni celle du 14-Juillet !

MERLUSSE

Ce n'est pas sûr du tout. Je suis ici depuis plus de six mois, et ce proviseur funèbre ne m'a encore jamais adressé la parole. Quant au censeur, j'ai l'impression qu'il me considère comme un abruti. Il a d'ailleurs peut-être raison, car j'accepte tout sans rien dire. J'avais l'espoir de passer en seconde classe cette année : la promotion est certainement faite, et on ne m'a parlé de rien. Je serai promu lorsque j'aurai la barbe blanche. Enfin, c'est comme cela. *(Il change de ton.)* Où ça se passe, cette étude ?

LUPIN

Certainement dans la vôtre. Et puis, vous savez, il n'y aura pas beaucoup d'élèves : une vingtaine, peut-être trente !

MERLUSSE

Ce ne sont pas les élèves qui me font peur.

Il entre dans le couloir.

DELACRE

C'est plutôt lui qui leur fait peur !

Une dame fort élégante passe et entre dans le parloir. Nous la suivons.

DANS LE PARLOIR

C'est une grande salle, merveilleusement cirée. Le long des murs il y a des personnes assises, qui attendent. Au-dessus d'elles miroite une frise de grandes photographies. Ce sont les portraits des anciens élèves qui ont eu des prix aux concours généraux. Ils sont fiers, mais ils n'ont pas l'air contents. En face d'eux, assis à la grande table, le surveillant général compulse divers papiers et classe des bulletins de sortie. Auprès de lui, le censeur. La dame s'approche d'eux. Elle tend une carte de visite au censeur qui s'incline et qui dit au surveillant général : Bondeville.

LA DAME

Armand Bondeville. Cinquième A^2.

Le surveillant général tourne les pages d'un registre.

LE SURVEILLANT GÉNÉRAL

D'accord.

Il inscrit le nom sur un bulletin qui est à côté du registre.

LE CENSEUR

On va l'appeler, madame. Voulez-vous prendre un siège ?

LA DAME

Merci.

Elle va s'asseoir. Soudain un garçon de douze ans entre en courant. Il s'arrête, regarde autour de lui, et, brusquement, choisit une dame distinguée qui aura bientôt quarante ans. Il va vers elle, elle l'embrasse volontiers. Puis tous les deux s'avancent vers la table où le surveillant général les attend.

LE PETIT GARÇON

Bernard.

Le surveillant général cherche dans ses papiers.

LE SURVEILLANT GÉNÉRAL *(murmurant)*

Bernard, Bernard... *(Enfin, il trouve une feuille rose et la lit des yeux. Il se tourne vers la maman.)* J'ai le regret de vous dire, madame, que le jeune Bernard devra faire une consigne de toute la journée demain. En principe, il ne pourra sortir qu'après-demain.

La maman paraît consternée. Elle regarde Bernard d'un air de reproche et presque de désespoir. Le censeur, pour expliquer les causes de cette condamnation, a pris le registre et il le parcourt des yeux. Puis il se tourne vers la maman.

LE CENSEUR

Eh oui, madame. *(Sévère.)* Le jeune Bernard a été surpris en train de copier sa composition d'histoire ; il avait un livre sous la table, ouvert sur ses genoux... Si nous avions appliqué la règle, le jeune Bernard aurait dû faire sa punition demain. *(Mondain.)* Cependant, à cause des vacances de Noël, M. le proviseur a jugé bon de surseoir à l'exécution de sa peine et il ne fera sa consigne qu'à la rentrée. *(Sévère.)* Certes, ce n'est pas pour lui, car il est très coupable. Mais nous avons eu peur de punir *(aimable)* sa famille *(galant)* et surtout sa maman.

Il salue.

LA MAMAN

Je vous remercie, monsieur le Censeur.

LE CENSEUR

Madame, c'est M. le proviseur qu'il faut remercier. *(Il tend la main à l'hypocrite Bernard, qui a pris un air repentant, mais qui ne pense qu'à filer.)* A bientôt, Bernard. Et ne prenez pas d'indigestion.

LA MAMAN

Au revoir, monsieur le Censeur.

LE CENSEUR

Madame...

Il resalue. La maman sort avec son coupable.

Le concierge est entré. Le surveillant général lui tend une liste de noms d'élèves. Il sort, au moment où entre un élève de dix à onze ans. C'est le petit Villepontoux. Il fait du regard le tour de la salle, puis s'avance vers le surveillant général et le censeur.

LE PETIT GARÇON *(avec autorité)*

Villepontoux.

LE SURVEILLANT GÉNÉRAL

Quelqu'un est venu vous chercher ?

VILLEPONTOUX

Je ne sais pas. Je veux sortir !

LE CENSEUR *(au surveillant général)*

Voyez un peu. Je crois que la famille a écrit.

Le surveillant général feuillette un gros paquet de lettres.

LE SURVEILLANT GÉNÉRAL

Villepontoux... Villepontoux... *(Il prend une longue lettre, sur un très beau papier jaune paille, épais comme un parchemin. Il la parcourt des yeux.)* Eh bien, mon garçon, vous ne sortirez pas cette fois-ci. Ce sera pour une autre fois.

Il a passé la lettre au censeur qui la lit rapidement.

LE CENSEUR

Madame votre mère a jugé bon de vous laisser au lycée pendant les vacances de Noël.

VILLEPONTOUX

Pourquoi ?

LE CENSEUR

Peut-être avez-vous eu de mauvaises notes ?

VILLEPONTOUX

Je suis premier en version latine et second en français...

LE SURVEILLANT GÉNÉRAL *(à mi-voix)*

C'est un très bon élève. Pas une punition dans le trimestre.

LE CENSEUR

Et Monsieur votre père, vous a-t-il écrit ?

VILLEPONTOUX *(souriant)*

Oh ! lui, il serait venu me chercher... Seulement il ne peut plus : il est mort. *(Un temps. Le censeur n'est pas très à l'aise.)* Alors, je ne peux pas sortir ? Elle habite à Aix, ma mère. Je peux bien y aller tout seul ! J'ai les sous pour le tramway !

LE CENSEUR

Hé non, mon petit ami. Vous passerez les vacances au lycée, puisque c'est le désir, sans doute justifié, de Mme Villepontoux.

VILLEPONTOUX *(brusquement)*

Elle ne s'appelle plus comme ça, maintenant. Elle ne s'appelle plus comme moi. Elle s'appelle Mme Lavigne.

Le censeur est assez gêné. Il regarde le surveillant général. Puis brusquement et avec une sorte de gaieté affectée, il rompt les chiens.

LE CENSEUR

Allons, mon petit, allez jouer avec vos camarades. Ne perdez pas de temps dans ce triste parloir. *(Il le raccompagne vers la porte.)* Et n'ayez pas trop de chagrin... Après tout, pendant les vacances, on ne s'embête pas au lycée... Vous aurez la promenade tous les deux jours. M. Cernin doit vous conduire au Jardin Zoologique, puis au musée, puis à un grand match de football.

VILLEPONTOUX *(qui tient le coup)*

Oh ! moi, j'ai dit que je voulais sortir, mais c'était pour faire comme les autres. *(Brusquement amer.)* Parce que, sortir pour aller chez Lavigne, moi j'aime autant rester ici !...

Il sort. La porte se referme. Le censeur revient vers le surveillant général, pensif.

LE CENSEUR

Pauvre gosse !

LE SURVEILLANT GÉNÉRAL

Eh oui, pauvre gosse. Mais que pouvons-nous faire ?

LE CENSEUR

Eh oui, que pouvons-nous faire ? Rien.

Cependant, il sort brusquement et fait quelques pas dans le grand couloir. Là, appuyé contre l'épaisse muraille, Villepontoux sanglote de tout son cœur. Le censeur s'approche de lui et pose une main sur son épaule. Il prend un ton amical, mais romain.

Allons, mon ami, allons ! Pas de larmes, pas de sensiblerie. Tu es un petit homme, voyons !

VILLEPONTOUX *(avec une brusque fureur)*

Non, je ne suis pas un petit homme, non ! J'ai onze ans.

LE CENSEUR *(un peu moins romain)*

Eh bien, onze ans, c'est quelque chose. Moi quand j'avais onze ans, je ne pleurais pas.

VILLEPONTOUX

Oui, seulement, vous, votre mère, elle n'était peut-être pas remariée.

LE CENSEUR *(plus romain du tout)*

Non, elle était morte. C'était bien plus mauvais, je t'assure... Toi, la tienne, tu la reverras !

VILLEPONTOUX

Ah ! bien, oui. *(Fièrement.)* Et même qu'elle est belle, ma mère !

LE CENSEUR

Mais naturellement qu'elle est belle ! Et la mienne, elle n'était pas mal du tout... Ne te désespère pas pour sept pauvres jours de vacances... Dans la vie, tu auras peut-être de grands malheurs... Et puis il faut bien te dire que ta mère a certainement une grande envie de te voir.

VILLEPONTOUX

Oh oui ! Ça c'est sûr.

LE CENSEUR

Seulement, il y a quelque chose qui a dû l'en empêcher... Une affaire de famille, un voyage imprévu...

VILLEPONTOUX *(angoissé)*

Pourvu qu'elle ne soit pas malade !

LE CENSEUR

Certainement pas. Son écriture est très nette, très assurée... On n'écrit pas si bien dans un lit... De ce côté-là, tu peux être tranquille... C'est peut-être son mari qui est malade !

VILLEPONTOUX

Ça, alors, ça me ferait plutôt rigoler.

LE CENSEUR

Allons, ne sois pas méchant.

VILLEPONTOUX *(brusquement)*

Je pense à une chose. Cette lettre, vous l'avez reçue aujourd'hui ?

LE CENSEUR

Non, il y a quatre ou cinq jours.

VILLEPONTOUX

Oh ! Alors, elle a peut-être changé d'idée. Parce que moi, je lui ai écrit avant-hier. Je lui ai dit que j'avais mal aux dents, et sûrement ça lui a fait changer d'idée...

LE CENSEUR

Ce n'est pas impossible... mais à ta place, moi, je n'y penserais pas, et j'irais jouer avec mes camarades. Et comme ça, si l'on vient te chercher, tu auras une bonne surprise ! Je te ferai avertir sans perdre une seconde.

VILLEPONTOUX

Merci bien, monsieur le Censeur.

LE CENSEUR

Tes dents te font souffrir ?

VILLEPONTOUX

(Il a un petit sourire timide et triste)

Non, monsieur. Ce n'était pas vrai. C'était pour qu'elle vienne...

Il s'en va le long du grand couloir, et nous le suivons. Il renifle, il prend son mouchoir, il se mouche. Et puis, tout à coup, il part en courant et fait des glissades sur les grands carreaux de pierre. Il arrive ainsi à l'entrée du passage qui mène à la cour. Sous de hauts platanes effeuillés par l'hiver, il y a déjà une trentaine d'élèves. Un assez grand nombre ont des costumes de sortie. Ils attendent qu'on vienne les chercher. D'autres sont en blouse noire et jouent à divers jeux incompréhensibles. Au milieu de la cour, un répétiteur en chapeau melon, immobile, nous tourne le dos. Ses mains croisées soulèvent les pans de sa redingote. Villepontoux, au passage, choisit un morceau de pain dans la corbeille. Le concierge paraît, son papier à la main, et crie :

LE CONCIERGE

Bondeville, Dobos, Rosselini, Crovetto, au parlouar !

Les appelés arrivent en trombe. Le concierge s'écarte pour les laisser passer. Il parle à Villepontoux, qui a commencé à manger son pain.

Te gonfle pas avec ce pain... Après, tu auras plus faim pour la dinde et les marrons glacés !

Pour toute réponse, Villepontoux lui tire la langue et lui tourne le dos. Il fait trois pas, s'adosse au mur et continue à manger.

Le concierge va rentrer lorsqu'une balle qui vient du fond de la cour frappe son pied. Il la ramasse et de toutes ses forces il la renvoie vers son point de départ. Par un grand malheur, la balle frappe le chapeau de Philippar, qui surveille les élèves. Le chapeau tombe. Philippar se retourne brusquement. Le concierge a disparu, et dans la zone dangereuse il ne reste plus que Villepontoux, appuyé contre le mur. Philippar, qui porte des lunettes d'une livre, descend vers lui rapidement, son chapeau à la main.

PHILIPPAR *(très digne)*

Monsieur ? Que signifie ?

Il frotte son chapeau avec sa manche.

VILLEPONTOUX

Monsieur, ce n'est pas moi...

PHILIPPAR *(grave)*

Que la parabole décrite par une balle soit passée précisément par le point qu'occupait dans l'espace un chapeau, même le mien, ce n'est pas un événement considérable : je ne veux pas y voir de malice. *(Il regarde son chapeau.)* Il serait au contraire bien étonnant que, le visant, vous l'eussiez frappé. Mais votre faute commence à votre mensonge. *(Villepontoux veut protester.)* Monsieur, ne mentez pas. Dites : « Je ne l'ai pas fait exprès. » Ne dites pas : « Ce n'est pas moi. » Votre mensonge est écrit sur votre figure, il la dégrade. Mettez-vous au piquet.

Villepontoux, résigné, se tourne la face vers le mur et les bras croisés.

PHILIPPAR *(solennel)*

De ma part, ce n'est pas une vengeance. Ce n'est même pas une punition : c'est une leçon. Faites-en votre profit.

Il remet son chapeau, tourne le dos et reprend sa faction.

DANS UN COIN DE LA COUR

Ils sont quatre sous une arcade. Évenos, treize ans, est un gros garçon joufflu, en blouse noire. Thémistocle Georgiadès (douze ans) et son frère Aristote (dix ans). Ils sont vêtus du même pardessus à rayures fort élégant. Pic, un blondinet de onze ou douze ans, mange un croûton.

ARISTOTE

Nous, dans une demi-heure, on sera à la maison.

ÉVENOS *(en blouse)*

Ta famille habite Marseille ?

THÉMISTOCLE

Oui, la grande villa au bout du Prado.

PIC *(en blouse)*

Et alors, pourquoi vous êtes pensionnaires tous les quatre ?

THÉMISTOCLE

C'est les idées de notre père... Il est toujours en voyage, parce qu'il a des comptoirs à Dakar, au Maroc, à Djibouti... Alors à la maison, il ne reste que des femmes.

ARISTOTE

Il y a maman, qui s'appelle Phèdre, la grand-mère Iphigénie, la tante Melpomène, la cousine Antigone, la petite sœur Pénélope et le grand-père Polyphème.

THÉMISTOCLE

Alors, mon père dit que le grand-père et les femmes, c'est pas bon pour élever les garçons, et puis, elles parlent toujours le grec, alors, si on habitait à la maison, on serait les derniers en français...

A côté d'eux, deux garçons, assis en tailleur sur le sol, jouent aux dames. L'un est un beau petit Sénégalais de quatorze ans, l'autre est un frère Georgiadès, qui s'appelle Périclès . Debout, et regardant la partie, il y a l'aîné des quatre Georgiadès, quinze ans, qui s'appelle Socrate, et qui a le même costume que ses frères.

SAMBA

Alors Périclès, tu te décides ?

PIC

Moi, si j'étais lui, je sais bien ce que je ferais !

SAMBA

Toi, tais-toi. C'est défendu de parler. Surtout que je ne suis pas dans une bonne situation ! Ça va mal !

SOCRATE *(en grec)*

Donne-lui ta dame.

Périclès donne sa dame, et Samba a perdu.

SAMBA

Ça ne compte pas. C'est toi qui lui as dit ! Tu l'as dit en grec pour m'embrouiller !

SOCRATE

Je lui ai dit de se dépêcher parce qu'on va venir nous appeler !

SAMBA

C'est pas vrai ! Tu ne lui as dit que quatre mots !

SOCRATE *(en grec)*

Ça suffit !

SAMBA

Le professeur a eu bien raison de dire qu'Ulysse c'est un grand menteur... Et toi, tu es aussi menteur que lui.

On entend la voix du concierge, qui appelle.

LA VOIX

Georgiadès Socrate !

SOCRATE

Tu vois bien qu'on nous appelle !

Son frère et lui partent en courant.
L'appareil passe sur le concierge, qui continue à crier :

LE CONCIERGE

Georgiadès ! Thémistocle ! Georgiadès Périclès ! Georgiadès Aristote !

Les quatre frères entrent au galop dans le champ par rang de taille et se ruent vers la Noël.

AU FOND DE LA COUR, SOUS LE PRÉAU

Cachés derrière une arcade, il y a deux « grands » qui fument. Ils s'appellent Galubert et Catusse. Galubert est brun, Catusse est blond. Ils baissent la tête pour souffler la fumée vers le sol, et la dispersent en l'éventant d'une main ouverte.

GALUBERT

Alors moi, je lui passe mon bras sur les épaules, et je l'embrasse sur la bouche.

CATUSSE

Comme ça, sans explications ?

GALUBERT

D'autorité. D'ailleurs, je savais où j'allais. *(Il sort de sa poche un beau briquet d'argent.)* Tu vois ce briquet ? C'est elle qui me l'a donné. En me disant : « Ne le montrez pas à la maison. »

CATUSSE

Elle a dû le faucher à son père.

GALUBERT

Naturellement. Mais je n'ai pas posé de question. Imagine-toi que j'ai vu le même dans la vitrine du bureau de tabac, rue Saint-Ferréol. Sur un coussin de velours ! Prix : quarante francs.

Catusse siffle doucement pour exprimer son admiration.

Alors j'ai compris que c'était du tout cuit, et ça a marché tout de suite. Et depuis, si tu voyais les lettres qu'elle m'écrit ! C'est fou !

CATUSSE

Elle t'écrit ici ?

GALUBERT

Parfaitement : mais sur l'enveloppe elle met : « Expéditeur Madame Veuve Galubert », d'une écriture un peu tremblée, comme si c'était ma grand-mère.

CATUSSE

Tu les as là ?

GALUBERT

J'ai la dernière. *(Il sort une lettre de sa poche et la lit.)* « Mon beau Victor. » Regarde : mon beau Victor. *(Il relit.)* « Mon beau Victor. Papa m'a dit qu'il irait vous chercher au lycée lundi après-midi. »

CATUSSE

C'est la fille de ton correspondant ?

GALUBERT

Oui, c'est un gros transitaire. Avant que mon père soit

nommé capitaine des douanes à Dakar, il était à Marseille, et c'est comme ça qu'ils se sont connus. *(Il reprend.)* « Mon BEAU Victor. Papa m'a dit qu'il irait vous chercher au lycée lundi après-midi (c'est après-demain), et qu'il nous permettrait d'aller au cinéma ensemble, comme dimanche dernier. Je pense encore à ce premier baiser dans l'obscurité. C'était DIVIN, avec cette musique, qui me chante encore dans la tête. »

CATUSSE

Divin ? Elle va fort.

GALUBERT

Pas du tout. Avec les guitares hawaïennes, c'était terrible !

CATUSSE

Elle a l'air excitée.

GALUBERT

Oh là là ! Et si tu la voyais, tu ne le croirais pas... Avec tout le monde, elle est GLACIALE. Toujours les yeux baissés : mais avec moi, j'aime mieux te dire que c'est tout différent...

CATUSSE

Et elle est belle ?

GALUBERT *(un peu hésitant)*

Ça, on ne peut pas dire. Ça dépend des goûts... Et puis elle n'a que quinze ans. Ça peut s'arranger. Mais elle est bien balancée. A son école, c'est la championne du saut en hauteur. Et puis attends : tu vas voir les détails. *(Il reprend la lecture de la lettre.)* « Mettez votre cravate bleue. C'est celle qui va le mieux avec la couleur de vos yeux. » Tu te rends compte de cette délicatesse dans les sentiments ?

CATUSSE

Tu es formidable !

GALUBERT

Eh mon cher, c'est comme ça qu'on les a : avec une cravate. Il faut dire que la mienne est superbe. Je l'ai au dortoir. Je te la montrerai !

Assis au pied d'un platane, il y a deux élèves qui ont des collections de timbres. Autour d'eux, debout, deux ou trois experts assistent aux échanges. Godard a quatorze ans et des lunettes, il parle à un petit Annamite du même âge, qu'on appelle familièrement Macaque. Godard est un Pied-Noir.

GODARD

Tiens, celui-là, je te le donne en plus. Et tu sais, il est très rare, parce que mon oncle est en Abyssinie. Alors, chaque fois qu'il m'écrit j'en ai un. Tiens, garde-le.

MACAQUE

Merci.

GODARD

Et toi, ton père, où est-ce qu'il est ?

MACAQUE *(réticent)*

Loin. Il faut seize jours sur le bateau.

GODARD

Et qu'est-ce qu'il fait ? *(Macaque sourit, mais ne répond pas.)* Moi le mien, il est courtier en vins, en Algérie. Et le tien ?

MACAQUE *(mystérieux)*

Si tu jures que tu ne le répètes pas, je te le dis. Jure-le !

GODARD

Je te le jure. Croix de bois, croix de fer, si je mens, je vais en enfer.

MACAQUE *(à voix basse)*

Eh bien, mon père, il est roi...

GODARD *(riant)*

C'est pas vrai.

MACAQUE

Je te le dis, mon père, c'est le roi.

GODARD *(prenant un air mystérieux)*

Écoute, mon vieux, je sais que c'est pas vrai. Si ton père était roi, d'abord tu aurais tout le temps des vacances. C'est connu. Les fils de roi, ils ne font rien. Ils se promènent dans les jardins et ils font fouetter les esclaves.

MACAQUE

Moi, je n'ai jamais fait fouetter personne, et mon père non plus.

GODARD

Alors, mon vieux, il est pas roi. Et puis, s'il était roi, tu aurais des timbres tant que tu voudrais ; parce qu'un roi, il peut faire des timbres, parfaitement, mon vieux, c'est permis, il peut en faire tant qu'il en veut, tu ne sais pas ça ?

MACAQUE *(sincère)*

Moi, mon père, il ne fait pas de timbres. En tout cas, je ne l'ai jamais vu.

GODARD *(décisif)*

Alors, il est pas roi.

A ce moment, Agassin, qui a treize ans, passe en courant. Godard l'appelle.

GODARD

Agassin ! Écoute ! Viens ! *(Agassin s'arrête et s'approche.)* Il dit que son père c'est le roi !

AGASSIN

Ayayaïe ! Et le roi de quoi ?

MACAQUE

Le roi de mon pays.

AGASSIN

S'il a une gueule comme toi, ça doit être le roi des macaques !

MACAQUE *(brusquement féroce)*

Toi, si tu viens dans mon pays, je te fais embrocher sur un bambou.

AGASSIN

Si tu me fais embrocher sur un bambou, moi, je te tire

un coup de pied au cul ! *(Agassin s'enfuit et crie joyeusement.)* Macaque ! Macaque !

Macaque regarde Godard, longuement, d'un air de reproche. Enfin, il parle.

MACAQUE *(à Godard)*

Tu avais juré !

GODARD

Si c'était vrai, je l'aurais pas dit ; mais, comme c'est un bobard, j'ai le droit de le dire.

MACAQUE

C'est pas un bobard, c'est la vérité. Mon père, il a un palais six fois plus grand que le lycée ; il a cinquante femmes, mon père.

GODARD

Oh ! dis donc, qu'est-ce qu'il doit être emmerdé !

MACAQUE

Pourquoi tu dis ça ?

GODARD

Parce que le mien, il s'est remarié avec une danseuse ; il n'a qu'une femme. Mais, alors, mon vieux, elle le fait devenir fou !

SOUS LE PRÉAU

Galubert et Catusse fument toujours.

CATUSSE

Où est le pion ?

GALUBERT

Là-bas.

CATUSSE

Qui c'est ?

GALUBERT

C'est Philippar.

CATUSSE

Alors, cocagne, il n'y voit pas. Tu crois que c'est lui qui va surveiller l'étude ce soir ?

GALUBERT

Naturellement que c'est lui. Tiens, on va lui faire une surprise. *(Il fouille dans sa poche. Pic, qui court après une balle, entre sous le préau.)* O Pic ! C'est le cas de le dire : tu tombes à pic ! Viens ici. Tu ne sors pas ?

PIC

Non. Mon correspondant est mort la semaine dernière...

GALUBERT

C'est une bien triste nouvelle et je comprends que tu as besoin de rigoler. Et justement, j'ai ce qu'il faut. *(Il tire de sa poche un carré de carton blanc, assez épais. Ce carton sert de base à une barbe de plume effilée qui le traverse et le dépasse d'un demi-centimètre. Il pose cette étrange combinaison sur sa main la pointe en l'air, et tend sa main vers Pic.)* Tu vois ça ?

PIC

Oui.

GALUBERT

Tu sais ce que c'est ?

PIC

Oui, c'est un pique-cul.

GALUBERT

Prends-le. *(Pic le prend et l'examine de l'air d'un connaisseur.)* Tu vas aller en douce à la troisième étude et tu le mettras sur la chaise du pion, la pointe en l'air, bien entendu.

PIC *(incertain)*

Et si on me chope ?

GALUBERT *(avec une grande autorité)*

Jamais de la vie.

PIC *(inquiet)*

Mais si quelqu'un me voit ?

GALUBERT *(serein)*

Ça n'existe pas. Est-ce que tu serais un dégonflard ?

PIC

Non, je ne suis pas un dégonflard. *(Un temps.)* Mais toi, pourquoi tu y vas pas ?

GALUBERT *(souverain)*

Parce que ce sont pas des jeux pour mon âge ! Et j'ai eu cette idée pour te distraire de ton chagrin.

PIC

Quel chagrin ? Je m'en foutais de mon correspondant.

Ma mère le payait et il ne me sortait qu'une fois tous les deux dimanches, et rien que l'après-midi, pour ne pas m'offrir le déjeuner. C'était un vieil avare, mon correspondant !

CATUSSE

Tu vois comme il est. C'est un dégonflard.

PIC *(indigné)*

Moi, je suis un dégonflard ?

GALUBERT

Pour trouver une excuse, tu insultes un mort !

CATUSSE

Ce n'est pas de ta faute. Les blonds, ça parle, ça parle, et puis quand il faut y aller, ça se dégonfle avec un sifflement horrible !

Il imite le sifflement d'un pneu crevé. Pic, indigné, prend le pique-cul.

GALUBERT

Bravo, Pic. Tu es un homme. Vas-y !

Pic part en courant vers la salle d'étude. On entend au loin les hurlements du concierge.

LE CONCIERGE

Ben Abdallah, Tran Van Huong, Périnelli, Cohen Albert !

LA SALLE D'ÉTUDE

La salle est très grande. Quatre files de bancs d'écoliers à deux places montent vers une chaire surélevée. Le long des murs, des casiers. A droite de la chaire, un tableau noir sur lequel on a dessiné à la craie une grande et broussailleuse caricature de Merlusse.

Sur les pupitres, des cahiers et des livres.

Pic entre, regarde d'abord autour de lui, s'avance vers la chaire et dépose sur la chaise le cruel carton. Comme il va sortir, on entend des voix dans le couloir, il prend la fuite en hâte.

Entre le censeur, suivi de Merlusse.

LE CENSEUR

Vous les réunirez ici à cinq heures. Je pense que vous aurez assez de places... et à sept heures un surveillant d'internat viendra vous remplacer, M. Cernin.

MERLUSSE

Bien.

LE CENSEUR

Avant de vous quitter, je dois attirer votre attention sur le côté un peu spécial, et pour ainsi dire extraordinaire, du service que vous allez assurer jusqu'à sept heures. Remarquez tout d'abord qu'aujourd'hui, veille de Noël, vous aurez la surveillance d'une bonne vingtaine d'élèves, peut-être une trentaine. Plus de la moitié d'entre eux vous quitteront avant sept heures, parce que leurs parents ou leurs correspondants vont venir les chercher. Ceux qui resteront — un résidu de quinze à vingt élèves — vont passer au lycée ces dix jours de vacances. Ce sont d'abord ceux que nous appelons les « petits pays chauds », dont la famille vit très loin d'ici : en Afrique, aux Antilles, ou en Indochine.

MERLUSSE

Je sais : j'ai deux Algériens et un Marocain dans mon étude. Ils étaient absents ce matin.

LE CENSEUR

Nous les avons autorisés à partir ce matin à cause du bateau. En dehors des fils de notables indigènes, nous avons aussi des fils d'officiers ou d'administrateurs des colonies pour qui le voyage serait trop long ou trop coûteux. Secundo — j'attire votre attention sur ce point —, il nous reste aussi quelques élèves dont la mère s'est remariée, ou ne s'est pas mariée du tout, et elle pense, avec raison, que la compagnie des camarades du lycée est meilleure pour son fils que les exemples qu'il pourrait voir à la maison... Il pourrait s'étonner de changer de papa trop souvent. Vous me comprenez. Il y a aussi ceux que l'on tient éloignés de chez eux à cause de quelque tragédie familiale — comme un divorce, une fugue, une faillite... *(Il baisse la voix.)* Vous en aurez un dont le père, banquier, vient d'être victime d'une arrestation, peut-être injustifiée, mais réelle. Ces tragédies familiales, ces enfants les ignorent, ce qui fait qu'ils ne comprennent pas pourquoi ils n'iront pas chez eux comme d'habitude.

MERLUSSE

Je comprends, monsieur le censeur... Je comprends.

LE CENSEUR *(sur le ton d'une conférence)*

Ainsi donc, au lieu d'avoir devant vous, comme d'ordinaire, une quarantaine d'enfants réunis sous votre direction par leur âge semblable et leurs études communes, vous aurez finalement quinze élèves dont l'âge s'échelonne de huit à dix-sept ans, et qui ne seront réunis dans cette étude que par leur infortune.

MERLUSSE

Je comprends très bien.

LE CENSEUR

J'ajoute que ces enfants, momentanément aigris, ne sont pas des plus commodes, et qu'ils vous tiendront, en quelque sorte, pour responsable de leur captivité. Il faudra donc serrer la vis.

MERLUSSE

Je me charge de les tenir.

LE CENSEUR

Je sais, je sais, mais je vous préviens. *(La grande horloge du lycée sonne la demie.)* Maintenant, il est temps pour vous d'aller remplacer M. Philippar qui doit prendre un train pour Avignon.

MERLUSSE

Je vais y aller.

LE CENSEUR

Alors, au revoir, et à la rentrée.

Il lui serre la main, et sort. Merlusse monte vers la chaire et y dépose sa serviette. Puis il regarde sa caricature sur le tableau noir et l'efface.

DANS LA COUR

Il fait un peu plus noir. Au fond de la cour, le préau est éclairé. Il y a déjà beaucoup moins d'élèves. Merlusse sort de l'étude et s'avance vers Philippar qui regarde toujours sa montre.

MERLUSSE

Excusez-moi, mon cher collègue, c'est le censeur qui m'a retardé.

PHILIPPAR

J'étais un peu inquiet à cause de mon train qui part à cinq heures et quart ! Alors, à la rentrée ! *(Il lui serre la main.)*

MERLUSSE

Bonnes vacances !

PHILIPPAR

Merci.

Il s'en va d'un pas pressé. Merlusse s'approche de Villepontoux qui est toujours au piquet, près de la sortie.

MERLUSSE

Qu'est-ce que vous faites là ?

VILLEPONTOUX

C'est M. Philippar qui m'a mis au piquet.

MERLUSSE

Allez donc sous le préau, à la lumière.

VILLEPONTOUX

Monsieur, si ça ne vous fait rien, j'aimerais mieux rester au piquet ici.

MERLUSSE

Pourquoi ?

VILLEPONTOUX

Parce que, comme ça, je suis près de la porte. Si le concierge vient m'appeler pour sortir...

Le concierge sort de l'ombre. Il a encore un papier à la main.

LE CONCIERGE

Cette fois, il y en a un paquet. *(Il hurle, Villepontoux écoute, anxieux.)* Papazoglou, Espinasse, Ballivet, Villeneuve, Fabre Francis, Dervaux, Boussion, au parlouar !

Les élèves passent près de lui en courant ; le jeune Ballivet (onze ans) a frôlé Merlusse.

MERLUSSE

Halte là ! Approchez-vous. Pouvez pas faire attention ? Pouvez pas ôter cette casquette ? Elle est collée, peut-être.

Ballivet ôte vivement sa casquette.

BALLIVET

M'sieur, on m'appelle au parloir.

MERLUSSE

Et après ? Vous n'êtes pas encore parti ! Et si je vous gardais ici un jour ou deux, hein ?

BALLIVET

M'sieu, m'sieu...

MERLUSSE

Allez !... *(Ballivet repart en courant. Sévère.)* Et ne courez pas !

Ballivet s'arrête, puis s'éloigne à pas lents. Mais dès qu'il a tourné le coin, il démarre dans le couloir.

MERLUSSE *(à Villepontoux)*

A la lumière, sous le préau.

Villepontoux obéit, en se retournant plusieurs fois.

DANS LA COUR

Sur la porte des cabinets, il y a une ceinture. Derrière le platane, qui se trouve en face, il y a Collombel, onze ans, qui se cache et qui lance des pierres par-dessus la porte. A la première pierre, une tête ébouriffée jaillit. Le lanceur de pierres se cache. La tête ébouriffée s'appelle Bérard.

BÉRARD *(indigné)*

Oou ! Je rigole pas, moi, hein ? Tu vas voir un peu tout à l'heure ! Lance encore une pierre et tu vas voir !

La tête disparaît. Le lanceur de pierres en ramasse une poignée, s'approche de la porte, lance sa mitraille et s'enfuit. Comme il va se cacher derrière le platane, la porte s'ouvre brusquement et un petit garçon se précipite en retenant sa culotte d'une main. Il attaque le lanceur de pierres qui hurle et lui prend les cheveux à poignée. A ce moment Merlusse sort de l'ombre.

MERLUSSE

Qu'est-ce que c'est ?

BÉRARD

M'sieur, j'étais au cabinet, et...

MERLUSSE

Reculottez-vous, grossier personnage... *(Bérard se reculotte).* Votre nom ?

BÉRARD

Bérard.

MERLUSSE

Quelle classe ?

BÉRARD

Troisième A^2. M'sieur, il m'a jeté des pierres par-dessus la porte.

MERLUSSE *(à l'autre)*

Votre nom ?

LE LANCEUR

Collombel.

MERLUSSE

Classe ?

COLLOMBEL

Cinquième A. M'sieu, c'est pas de ma faute. M'sieu, je l'ai pas fait exprès.

MERLUSSE

Vous lancez des pierres sans vous en apercevoir ?

COLLOMBEL

M'sieu, c'est en courant, avec mon pied...

MERLUSSE

Vous mentez ! Au piquet, là-bas, sous le préau. *(A l'autre.)* Et vous, rompez.

Merlusse regarde autour de lui. On voit une bouffée de fumée qui semble sortir du pilier, là-bas, sous le préau. Il marche aussitôt vers les fumeurs.

SOUS LE PRÉAU

Galubert a toujours son briquet à la main.

GALUBERT

Mon correspondant viendra me chercher à deux heures... Et alors, ce sera une deuxième partie de cinéma.

CATUSSE

Surtout, n'oublie pas la cravate !

Galubert cligne un œil égrillard, en aspirant une grande bouffée de fumée. Merlusse surgit brusquement. Galubert cache sa cigarette derrière son dos et ne respire plus.

MERLUSSE *(glacial)*

Vous fumez ? *(Galubert, qui a la bouche pleine de fumée,*

remue la tête pour dire non.) Pouvez pas répondre ? Votre nom ?

GALUBERT *(piteux)*

Galubert. *(Un nuage de fumée sort de ses narines.)*

MERLUSSE

Classe ?

GALUBERT

Première A.

MERLUSSE

Donnez-moi ce briquet. *(Il le met dans sa poche, et se tourne vers Catusse.)*

CATUSSE

Catusse. Première B[2].

MERLUSSE *(tout en notant leurs noms)*

Vos correspondants vont sans doute vous offrir quelques sorties au cours de la semaine ?

GALUBERT

Le mien vient demain.

MERLUSSE

Voilà un monsieur qui va peut-être se déranger pour rien. Et vous ?

CATUSSE

Moi, ce n'est pas sûr.

MERLUSSE

Non, ce n'est pas sûr. Allez vous asseoir là-bas, sur le banc, à la lumière.

Ils obéissent. On entend des cris et des rires dans un autre coin de la cour. Merlusse écoute, puis se dirige vers les cris.

UN COIN DE COUR

Quelques enfants jouent au tournoi de chevalerie. Deux cavaliers d'un côté, deux cavaliers de l'autre. Un juge du tournoi, qui a bien neuf ans, est au milieu, en observation.

LE JUGE DU TOURNOI

Chevaliers du Moyen Age, partez !

UN CHEVALIER

Montjoie Saint-Denis !

Les montures s'élancent, les chevaliers se prennent aux cheveux. Merlusse paraît dans la nuit.

MERLUSSE

Qu'est-ce que c'est ? *(Les chevaliers glissent à bas de leur monture.)* Allez sous le préau. Ce jeu de brutes est interdit par ordre de M. le censeur. Allez. *(Les chevaliers du Moyen Age s'en vont tristement vers le préau. Alors, Merlusse se tourne vers la grande cour sombre, et il crie.)* Je ne veux pas de francs-tireurs dans la nuit ! Tout le monde sous le préau, à la lumière !

Les enfants obéissent lentement, à contrecœur. D'autres arrivent de divers points de la cour, et se dirigent vers le préau, où Collombel et Villepontoux sont au piquet, les bras croisés.

VILLEPONTOUX

Tu crois qu'il nous laissera sortir, si on vient nous appeler ?

COLLOMBEL

Moi, je te garantis que si ma mère vient, elle viendra me chercher jusqu'ici. Mais ce n'est pas sûr qu'elle vienne aujourd'hui. Parce qu'elle fait du cinéma. Elle tourne un film à Tarascon. Dans ce métier, on ne sait jamais quand on est libre... En principe, elle doit venir, mais ce n'est pas sûr.

VILLEPONTOUX

Moi non plus, ce n'est pas tout à fait sûr...

On entend la voix du concierge qui crie.

LE CENSEUR

Carcassonne, Delattre, Chavenon, Cordelier, au parlouar !

Les appelés fuient vers l'appel. Les autres arrivent sous le préau, et s'assoient sur le banc en brochette. Merlusse arrive à son tour. Il s'installe, le dos au mur, sous une lanterne, tire un journal de sa poche et le lit. L'appareil part d'un plan rapproché de Merlusse, panoramique sur la gauche en reculant, et découvre Corbeau, puis Agostini et Barrière, qui chevauchent le banc de part et d'autre d'un damier, sur lequel ils disposent les pions avant de commencer la partie. La voix du concierge retenti.

LE CONCIERGE

Agostini, Barrière, au parlouar !

Ils se lèvent, et courent vers l'appel.

L'appareil recule, et découvre Valabrègue, Ben Kadhour et Ben Youssof.

Ben Kadhour regarde sa montre-bracelet et parle en arabe à son voisin. Il lui dit : Bientôt 5 heures. Je lui avais dit 4 heures et demie. S'il faut aller en étude avec cet affreux Merlusse, on ne va pas beaucoup s'amuser...

L'autre hausse les épaules, sort à demi sa langue entre ses dents, et souffle une discrète pétarade vers Merlusse.

L'appareil recule, franchit Dimitriadès, et s'arrête sur Lecoq, Évenos et Godard.

GODARD

Moi, je le connais : je suis dans son étude depuis la rentrée.

ÉVENOS

Eh bien, je te plains.

GODARD

On ne rigole pas du tout !

ÉVENOS

Qu'est-ce que vous devez déguster comme retenues !

GODARD

Il n'a pas besoin d'en donner beaucoup. Si tu fais la

moindre des choses, il te regarde fixement, et ça suffit. Tu sens un froid de glace, et tu peux plus bouger...

LECOQ

Penses-tu !

GODARD

Oui, mon vieux, c'est la vérité. Et puis, tu dois sortir, toi, demain ?

ÉVENOS

Non, moi je sortirai peut-être mercredi.

LECOQ

Moi, mon correspondant vient me chercher ce soir à sept heures.

GODARD

Eh ben, mon vieux, pendant l'étude, tiens-toi peinard. Parce qu'à la moindre des choses, tu entends, même si c'est pas vrai, et qu'il se l'imagine... eh bien, mon vieux, ça y est ! tu ne sors plus.

LECOQ

Même si on vient te chercher ?

GODARD

Même si on vient te chercher. Il te déchire ton billet...

LECOQ *(inquiet)*

Ben, mon vieux... Ça devrait pas être permis.

L'appareil recule, franchit Samba et découvre Bérard, un Annamite, Agassin, Macaque et un autre Annamite.

AGASSIN *(mystérieux)*

A ce qu'il paraît que c'est un élève qui lui a crevé l'œil, au lycée d'Avignon !

MACAQUE

Qui c'est qui te l'a dit ?

AGASSIN

C'est un grand. En lançant des pierres dans la cour, il lui a crevé l'œil. Et depuis, il veut du mal à tous les élèves. S'il pouvait, il les tuerait.

MACAQUE

Ça alors, c'est de la blague. C'est vrai qu'il a quelque chose à un œil. Mais je te garantis qu'il y voit bien. Pendant deux jours, lorsque Picard était malade, il nous a fait les cours de français. Eh bien, mon vieux, le grand Martin lui a fait des grimaces pendant qu'il écrivait au tableau. Eh bien, mon vieux, il l'a deviné. Sans même se retourner, il a dit : « Monsieur Martin, passez à la porte ! »

UN ANNAMITE *(en annamite)*

Tu ne vas pas dire qu'il a un œil derrière la tête ?

MACAQUE *(id)*

Je ne sais pas où il a un œil, peut-être au derrière, mais ce que je te raconte, je l'ai vu !

La voix lointaine du concierge crie des noms, pendant que l'appareil recule, et découvre Falconi, Catusse, Pic et Galubert.

GALUBERT

Un briquet de quarante francs, dans une vitrine, sur un coussin de velours bleu ! Ça mériterait que je dépose une plainte à la police !

CATUSSE

Heureusement, il va partir à sept heures.

PIC

Qui te l'a dit ?

CATUSSE

A la sortie des vacances, c'est toujours comme ça. Il y a un répétiteur jusqu'à sept heures, et après il vient le pion, qui fait le réfectoire et le dortoir.

PIC *(effrayé)*

Alors, c'est lui qui va faire l'étude ?

GALUBERT

Eh oui, malheureusement... Le plus grave, c'est qu'on lui a mis un pique-cul... On croyait que c'était Philippar qui resterait jusqu'à sept heures... Avec lui, on aurait rigolé... Mais avec cette brute, ça va être une tragédie.

CATUSSE *(ricaneur)*

Ça, je m'en fous. Ce n'est pas moi qui l'ai mis.

GALUBERT

C'est pas moi non plus. C'est Pic.

CATUSSE *(regarde Pic en ricanant)*

Si j'étais toi, je me ferais un brave mauvais sang.

Pic est sur le point de pleurer, et il se révolte.

PIC

C'est toi qui m'as dit de le mettre !

FALCONI *(à Galubert)*

S'il y a du pétard, tu devrais te dénoncer.

GALUBERT

Moi ? Jamais de la vie !

FALCONI

Tu ne lui as rien dit ?

GALUBERT

« Dire », c'est une chose, mais « faire », ça en est une autre. C'est dans le code pénal ! *« Is fecit cui prodest. »* Ce qui signifie : « Le coupable, c'est celui qui l'a fait ! »

Le menton de Pic commence à trembler.

FALCONI

Pleure pas, personne le sait que c'est toi.

GALUBERT

Personne ne le sait, mais c'est facile à deviner. Et j'ai peur que Merlusse devine tout de suite !

PIC *(effrayé)*

Pourquoi ?

GALUBERT

A cause de ton nom. Pic, c'est toi, et cul, c'est le sien.

PIC *(désespéré)*

Oh, mais moi je lui dirai que c'est toi qui m'as forcé. J'en ai jamais mis, moi, des pique-culs. A personne, jamais !

CATUSSE

Eh ben ! Pour le premier, tu n'as pas de chance.

MACAQUE *(qui s'est approché)*

Moi, si cet homme vient dans mon pays, je le fais embrocher sur un bambou.

GALUBERT

Oui, mais ton bambou, il est loin. Tandis que le pique-cul, il est là-bas, sur la chaise, la pointe en l'air... C'est ça le drame de notre pauvre ami... *(Pic sanglote.)*

CATUSSE

Va, pleure pas... On dit ça pour rire ! Il ne peut pas le savoir que c'est toi ! Et personne ne le lui dira... Attention, le voilà !

Merlusse, en effet, s'approche à grands pas. Ils attendent, muets, le dos rond.

MERLUSSE

Que se passe-t-il ? Pourquoi pleurez-vous ?

Pic essaie de parler, mais ses sanglots l'empêchent de dire autre chose que : M'sieur, m'sieu... C'est la première fois, M'sieu... *Galubert intervient vivement.*

GALUBERT

Monsieur, il pleure parce que c'est la première fois que son correspondant ne viendra pas le chercher.

CATUSSE *(ému)*

Il est mort, son correspondant... Il l'aimait beaucoup, et alors...

GALUBERT

Pleure pas, Pic... C'est la loi de la nature. Tu en auras un autre de correspondant.

Pendant cette dernière réplique, le tambour roule.

MERLUSSE

En rangs ! Les plus grands devant, les petits derrière. *(La manœuvre a lieu. Merlusse s'efface et dit.)* Allez !

La colonne descend dans la cour sombre et marche vers l'étude qui est éclairée.
La traversée de la cour étant trop longue, on peut mettre ici un gros plan du pique-cul sur la chaise, et enchaîner sur l'entrée des élèves dans l'étude.

L'ÉTUDE

Merlusse entre le premier. La colonne fait halte sur le seuil. Merlusse va se placer debout près de la chaire. Il dit : Allez ! *Les élèves entrent, et chacun se dirige vers sa place. Quelques-*

uns, qui appartiennent à cette étude, vont à leur casier. Merlusse surveille l'installation et, comme Galubert et Catusse se dirigeaient vers le banc placé le plus loin de la chaire, il les arrête.

MERLUSSE

Galubert et Catusse, au premier rang, devant la chaire. *(Penauds, ils vont à la place indiquée.)* Et maintenant, messieurs, au travail.

Tous s'assoient. Les élèves en blouse noire ont des cahiers et des livres. Ceux qui ont leur habit du dimanche n'ont rien. Ils attendent et, de temps à autre, ils tournent leur visage anxieux vers la porte. Merlusse se promène. Il s'arrête devant Lecoq qui ne travaille pas.

MERLUSSE *(inquiétant)*

N'avez rien à faire ?

LECOQ

M'sieur, je vais sortir.

MERLUSSE *(lentement)*

En êtes-vous sûr ? *(Silence. L'élève baisse la tête.)* Tâchez de faire quelque chose, sinon vous ne sortirez pas.

L'élève prend un livre à son voisin et fait semblant d'étudier. Un grand silence. Merlusse se promène.

DANS LE COULOIR

Trois grands élèves descendent l'escalier qui va aux dortoirs. Ils sont habillés pour sortir. Ils ont de petites valises à la main, et ils sautent les marches trois par trois. Un retardataire qu'on ne voit pas se penche là-haut sur la rampe.

LE RETARDATAIRE *(criant)*

Bourrély ! Attends-moi !

BOURRÉLY *(répond tout en courant)*

Je peux pas ! Mon train est à cinq heures et demie.

Au bas de l'escalier, pour briser leur élan, ils vont s'aplatir contre le mur d'en face. Puis, d'un pas rapide, ils s'en vont le long du couloir désert. Ils passent près de la porte de l'étude où règne Merlusse : elle est entrebâillée ; un rayon de lumière éclaire les dalles noires et blanches du couloir. Ledru s'arrête.

LEDRU

Qu'est-ce c'est que ça ?

BOURRÉLY *(risque un œil au trou de la porte)*

C'est l'étude de Noël, parbleu...

GRICHA

Qui c'est qui la fait ?

BOURRÉLY

C'est Merlusse.

LEDRU

Merlusse ? *(Gravement.)* On ne peut pas partir sans lui dire adieu. Ça serait une grossièreté ! Attention !

Il entrouvre légèrement la porte. Tous trois se penchent en avant. Puis, à voix basse, Ledru compte : Un, deux, trois. *A trois, ils hurlent :* Ça sent la morue !

Ils détalent, avec leurs pardessus flottants, dans une course vertigineuse. La porte de l'étude s'ouvre toute grande. Dans un flot de lumière, Merlusse paraît. Il regarde à gauche et à droite. Au bout du long couloir, les trois silhouettes viennent de disparaître. Merlusse demeure un instant immobile. Dans l'étude qu'il vient de quitter un instant, un mugissement collectif retentit, dominé par de violents accords d'harmonica. Dans chaque vantail de la porte, à hauteur d'homme, il y a un trou rond, pour permettre au surveillant général de constater la présence d'un répétiteur ou d'un surveillant. Merlusse y applique son œil, puis entre sans hâte. Silence. Devant lui, vingt dos studieux, des nuques penchées sur des livres ou des cahiers. Il remonte vers la chaire et s'arrête au passage devant Catusse. Il le prend par l'épaule, le sort du banc, plonge sa main sous le pupitre et en tire l'harmonica.

MERLUSSE

Ce petit air de musique compromet grandement vos sorties pendant les vacances... Au piquet.

Il montre le coin près de la chaire. Catusse va s'y placer les bras croisés. Merlusse remonte vers la chaire, lorsque la porte s'ouvre de nouveau et la face oblique du concierge paraît.

LE CONCIERGE *(crie)*

Corbeau, Dimitriadès, Comiti, Ferdinand, au parlouar !

Les appelés se lèvent en hâte et se ruent vers la porte, la voix dure et froide de Merlusse les arrête net.

MERLUSSE

Qu'est-ce que c'est ? Allez vous rasseoir immédiatement !

(Tous regagnent lentement leurs places.) Appelez-moi le concierge.

L'élève qui est le plus près de la porte se lève et sort. Il rentre, suivi du concierge. Le concierge n'aime pas Merlusse, et ça se voit. Il s'avance, insolent, la casquette sur la tête.

MERLUSSE *(brutal)*

Ôtez votre casquette, sinon je l'ôterai moi-même. *(Le concierge se découvre.)* Vous ne pouvez pas venir jusqu'à la chaire m'apporter les billets de sortie ? *(Le concierge lui apporte les billets.)* Allez-vous-en.

Le concierge s'en va. Merlusse se promène un moment, les billets à la main. Enfin, il se décide : Corbeau, au parloir. *Il lui donne son billet : Corbeau se lève, il s'élance.*

Sortez sur la pointe des pieds.

Corbeau sort sur la pointe des pieds. Il ouvre et referme la porte comme celle d'une chambre de malade.

Dimitriadès, Comiti, Ferdinand.

Ils vont, les uns après les autres, prendre leur billet et sortent, sur la pointe des pieds. Merlusse fait encore une fois le tour de la salle, puis il monte à la chaire. Galubert et Catusse échangent des regards inquiets. Merlusse, debout, regarde un instant toute l'étude sur laquelle plane un silence profond. Pic cache ses yeux derrière une main tremblante. Merlusse va s'asseoir. Soudain, il se lève de nouveau et repousse sa chaise en arrière, puis il redescend de la chaire et jette au passage un coup d'œil vers son siège. Sur la chaise, il n'y a rien. Comme si de rien n'était, il fait une fois le tour de l'étude. Sur un pan de sa jaquette noire, on voit le carré de papier blanc : le pique-cul est planté dans l'étoffe. Après son passage, les élèves relèvent les yeux et voient : ils baissent aussitôt la tête en poussant le coude du voisin. Si bien que, lorsque Merlusse a fini son périple et qu'il va remonter à la chaire, il plane sur toute l'étude une atmosphère chargée d'angoisse et de rigolade. Pic ne semble pas sentir le côté comique de l'affaire, il est blême, il respire à peine et ses lèvres remuent en silence comme s'il répétait passionnément une très importante leçon. Merlusse gravit les degrés de l'estrade. Il s'assoit. Cette fois, il ne rebondit pas, mais son visage rougit et se crispe. Sa main disparaît derrière son dos : quand elle remonte elle tient entre deux doigts le pique-cul. Toutes les têtes sont penchées vers les cahiers. Merlusse, lentement et avec une solennité ridicule :

A la veille de la Nativité, je remercie celui d'entre vous qui a eu la gentillesse de m'offrir mon petit Noël. Voilà une attention délicate que je n'oublierai jamais.

Un grand silence. Le concierge entre. Il se découvre et va jusqu'à la chaire. Il tend à Merlusse des billets de sortie.

MERLUSSE

Gika, Plumet, Liron, Valabrègue.

Les élèves viennent prendre leurs billets et sortent gravement. Et l'étude continue, silencieuse, triste, inutile. Cependant, on entend au loin une grande rumeur, une grande rumeur qui se rapproche peu à peu. Godard écrit sur une feuille de papier : « Le monôme... Ils viennent conspuer M. » Il la glisse vers Macaque, qui écrit à son tour : « C'est mauvais pour nous » et repousse la feuille vers Godard. Silence. On entend la rumeur qui grandit. Ce sont des cris d'enfants et de jeunes hommes, des rires et des chants dont l'ensemble n'est pas très réussi; Merlusse tend l'oreille. La rumeur grandit toujours. Le monôme est arrivé sous les fenêtres du lycée. Il y a un silence. Puis, un chœur s'élève, bien rythmé cette fois.

LE CHŒUR

Conspuez Merlusse ! Conspuez Merlusse ! Conspuez ! Conspuez Merlusse ! Conspuez Merlusse ! Conspuez !

MERLUSSE

Ainsi, pour la fête des Saturnales, il était permis aux esclaves de se moquer de leurs maîtres ; mais il n'était pas défendu aux maîtres de les fouetter le lendemain.

Puis une puissante voix crie : Silence ! *Le chœur se tait. La voix crie de nouveau :* Qu'est-ce que ça sent ? *Après un très court silence, trois cents voix répondent :* Ça sent la MORU-U-U-U-U !

Alors, Collombel ne peut retenir un éclat de rire. Merlusse le regarde, calme.

MERLUSSE

Vous riez, monsieur ? C'est une grande imprudence, car ceux qui croient m'offenser sont dans la rue, mais vous, vous êtes ici : je pourrais vous considérer comme un otage et vous garder ici ce soir.

Le chœur s'éloigne en conspuant Merlusse, puis la porte s'ouvre et M. le censeur paraît.

LE CENSEUR *(de la porte)*

Monsieur Blanchard, un mot, je vous prie...

M. le censeur sort de nouveau. Merlusse se hâte. Il sort. Dans le couloir, appuyé contre un mur, on découvre M. Cernin. C'est le surveillant d'internat. Il renifle, il a les yeux rouges. M. le censeur a l'air gêné. Il parle à Merlusse très amicalement.

LE CENSEUR

Voici, mon cher ami, un contretemps extrêmement grave. M. Cernin, qui devait vous remplacer à sept heures...

MERLUSSE

Qui devait ?

LE CENSEUR

Cet imparfait est malheureusement de mise, car M. Cernin vient de recevoir un télégramme fort douloureux : son père est mort...

M. Cernin tend le télégramme ouvert à Merlusse, qui le parcourt des yeux.

MERLUSSE *(à M. Cernin)*

C'est bien vrai ?

CERNIN

Oh ! Monsieur Blanchard !...

MERLUSSE

Excusez-moi. Je vous le demandais, parce que, quand j'étais surveillant d'internat, ce truc-là, je l'ai vu faire. Malheureusement, je crois que vous me dites la vérité... *(Un temps.)* Monsieur le Censeur, je suis à votre disposition.

LE CENSEUR

A ma disposition, jusqu'à quand ? Je vais vous dire : M. Cernin devait faire l'étude de sept à huit, le réfectoire et le dortoir... Or, si M. Cernin s'en va tout de suite, je n'ai personne sous la main jusqu'à demain matin. Tout le monde est parti. Il ne reste que vous et moi.

MERLUSSE

Oui évidemment...

LE CENSEUR

Si nous voulons que M. Cernin puisse aller auprès de sa mère qui est évidemment au désespoir, il faut nous partager le service. On pourrait envisager par exemple...

MERLUSSE

Monsieur le Censeur, la chose est bien simple. Je vais faire l'étude jusqu'à huit heures.

LE CENSEUR

Merci.

MERLUSSE

Je conduirai les élèves au réfectoire. Là, vous viendrez me remplacer pour une demi-heure, le temps d'aller dîner en ville, et je reviendrai faire le dortoir. Qu'en pensez-vous ?

Le visage du censeur s'éclaire. Il avait peur d'être forcé de surveiller le dortoir, ce qui n'est pas digne d'un censeur. Il serre la main de Merlusse avec une reconnaissance distinguée.

LE CENSEUR

Je pense que vous me rendez un grand service. Vous

savez que vous n'y êtes pas obligé ? Vous avez le droit absolu de vous en aller à sept heures.

MERLUSSE

Je sais, monsieur le Censeur, mais puisqu'il le faut... Et puis, ça me rappellera mon jeune temps. Quand j'étais maître d'internat au lycée de Digne...

Le censeur et M. Cernin s'en vont. Merlusse les regarde partir.

En étude, Catusse, qui est toujours au piquet, se retourne et dans un chuchotement irrité, il dit :

CATUSSE

Un petit mugissement !

L'étude entière mugit en regardant la porte. Merlusse entre d'un bond. Silence. Il ferme la porte sans leur tourner le dos. Il s'avance vers la chaire et s'adresse à Catusse.

MERLUSSE

Monsieur Catusse, allez vous asseoir, et copiez-moi le verbe mugir.

CATUSSE *(les bras croisés)*

M'sieur, c'est pas moi. Je vous assure, m'sieur.

MERLUSSE

Allez vous asseoir, et copiez-moi DEUX fois le verbe mugir.

CATUSSE

M'sieur, c'est tout le monde qui a mugi.

MERLUSSE

Allez vous asseoir, et copiez-moi TROIS fois le verbe mugir. Si vous insistez, nous y ajouterons un complément de lieu, et un adverbe.

Catusse, accablé, va s'asseoir. Merlusse monte à la chaire. Avant de s'asseoir, il parle.

MERLUSSE

J'ai le plaisir de vous annoncer que c'est moi qui surveillerai le dortoir cette nuit.

On n'entend plus que les plumes qui grattent le papier, et, de temps en temps, la page d'un livre.

EN VILLE

Dans l'entrée d'un bel immeuble, Ballivet et sa mère appellent l'ascenseur.

Dans un salon, deux hommes sont assis de part et d'autre d'une table basse, près d'un chariot de bar chargé de flacons et de bouteilles. L'un des deux est gras et barbu. L'autre, qui a la quarantaine, porte un complet de bonne coupe.

LE GROS MONSIEUR *(il a des papiers à la main)*

Cher monsieur Ballivet, il faut bien vous rendre compte que c'est une affaire considérable.

MONSIEUR BALLIVET

Je le sais. Je dirai même que c'est l'affaire de ma vie.

C'est pourquoi je trouve que trente pour cent des actions d'apport, c'est nettement insuffisant.

LE GROS MONSIEUR

Mais mon cher, rendez-vous compte des frais énormes que nous allons avoir pour l'installation des usines !... Vous, vous apportez vos brevets et votre compétence ; d'accord. Mais l'argent ? Qui est-ce qui apporte cinquante millions ?

MONSIEUR BALLIVET *(qui tend l'oreille)*

C'est lui !

LE GROS MONSIEUR *(tressaille)*

Mais, jamais de la vie, ce n'est pas lui ! Ce n'est pas Rebstock ! C'est moi, c'est ma banque !

MONSIEUR BALLIVET *(se lève)*

Je veux dire que c'est mon fils !

LE GROS MONSIEUR *(stupéfait)*

Vous avez un fils qui apporte cinquante millions ?

MONSIEUR BALLIVET *(rit)*

Pas du tout. Il a dix ans. Je veux dire qu'il vient d'arriver... Et le voilà !...

En effet, le petit Ballivet entre tout à coup, et saute au cou de son père. Il est radieux.

LE GARÇON

Tu as vu mon bulletin trimestriel ?

LE PÈRE *(montre une enveloppe sur le coin du bureau)*

Il est là, mais je n'ai pas encore osé l'ouvrir !

LE GARÇON

Eh bien, tu as bien tort ! Je suis troisième en version... et en calcul, premier !

Sa mère est entrée, souriante.

LA MÈRE

Et second en récitation !

Le père ouvre fébrilement l'enveloppe du bulletin trimestriel.

LE PÈRE *(triomphalement, à la mère)*

Qui avait raison ? *(Il se tourne vers le barbu.)* A la maison, il était insupportable. L'enfant gâté dans toute son horreur. Au lycée, il ne faisait rien, vingt et unième en calcul sur trente, vingt-cinquième en français. Oui, monsieur. *(Le barbu écoute avec une parfaite indifférence, puis un peu d'impatience.)* Et quand j'ai décidé qu'il serait pensionnaire, Madame en a fait une maladie, et le grand-père m'a appelé bourreau d'enfants ! Et le résultat, le voilà ! Il est là ! *(Il frappe sur le bulletin trimestriel.)*

LE GARÇON

Et le train électrique, où est-il ?

LE PÈRE

Il est ici, mais si ton bulletin avait été mauvais, tu ne l'aurais jamais vu ! Je l'aurais renvoyé au magasin.

LE GARÇON

Eh bien, où est-il ? Papa, fais-le-moi voir ! Où est-il ? Maman où est-il ?

LE PÈRE

Viens ! Viens, avec ton bourreau !

Toute la famille sort. Le gros monsieur boit son verre, ramasse ses papiers, hausse les épaules et sort sur la pointe des pieds.

DANS UN COULOIR DU LYCÉE

Les enfants en rangs suivent le couloir qui mène au réfectoire. Ce couloir est long, les voûtes sont hautes, les échos lointains. Merlusse marche en serre-file. Ils descendent un large escalier mal éclairé.

LE RÉFECTOIRE

Les enfants entrent dans le grand réfectoire vide. Il n'y a que deux lampes qui sont allumées pour l'économie du « dépensier ». Les enfants vont s'asseoir, en silence toujours. Ils attendent. Le concierge se précipite. Il a un col très haut et une cravate énorme. Il est en habit du dimanche. Ce col l'étrangle. Il apporte les plats, tous à la fois, en grande hâte, et il les jette sur la table. On entend Merlusse qui se promène dans l'ombre. De temps à autre, il apparaît dans le cercle de lumière. Le concierge s'approche de lui.

LE CONCIERGE

M'sieur, je peux m'en aller ?

MERLUSSE

Où ?

LE CONCIERGE

Pour sortir, quoi. Je suis de sortie.

MERLUSSE *(sec)*

Moi, je ne sors pas. Ceux qui sont ici ne sortent pas.

LE CONCIERGE

Oui, mais moi, je sors. Je suis invité à dîner.

MERLUSSE *(sarcastique)*

Un dîner sans doute officiel ?

LE CONCIERGE

Pour ainsi dire, oui, parce qu'on va s'en mettre jusque-là ! Un dîner de Noël.

MERLUSSE

Et celui-là, ce n'est pas un dîner de Noël ? Vous devez rester jusqu'au dessert.

LE CONCIERGE

Il est déjà sur la table. J'ai servi tout à la fois.

MERLUSSE

Allez remettre au chaud ces plats. Quittez ces manchettes et ce col qui va vous étouffer. Reprenez votre tablier, et faites votre service.

GALUBERT *(à voix basse)*

Il faut toujours qu'il engueule quelqu'un.

Il prend le plat de hors-d'œuvre, sert Falconi, puis veut servir Villepontoux, qui retourne son assiette.

VILLEPONTOUX

Non, je n'ai pas faim...

GALUBERT

Allez zou, force-toi !

GODARD

Il se réserve pour le réveillon !

CATUSSE

Tu crois qu'on va venir te chercher ?

VILLEPONTOUX

Non, je ne le crois pas. C'est trop tard. Je n'ai pas faim, voilà tout. Quoique... avec ma mère, on ne sait jamais...

Une forte commère paraît sur la porte. Elle est en tenue de gala. Longs gants noirs et chapeau à plume.

MERLUSSE *(sévère)*

Madame ?

LE CONCIERGE

C'est Nathalie, c'est ma femme ! Quand elle est habillée, on dirait la femme d'un proviseur ! *(A Nathalie.)* Qu'est-ce qu'il y a ?

NATHALIE

M. le censeur m'envoie dire qu'il y a une dame au parloir qui vient chercher son petit garçon...

Villepontoux se lève aussitôt.

MERLUSSE

Quel nom ?

NATHALIE *(réfléchit, inquiète)*

Ça y est ! Je l'ai oublié ! Oh moi, pour les noms propres, ma tête, c'est une passoire. Attendez.

Elle ferme les yeux, le menton piqué en avant.

VILLEPONTOUX *(s'avance)*

Elle est blonde ? C'est une dame blonde ?

NATHALIE

Oui, elle est blonde...

VILLEPONTOUX

Elle est jolie ?

NATHALIE

Oh oui, elle est belle.

VILLEPONTOUX

C'est ma mère !

Il s'élance.

NATHALIE

Comment tu t'appelles ?

VILLEPONTOUX

Villepontoux.

Nathalie, perdue, réfléchit intensément.

COLLOMBEL

Moi aussi, elle est blonde ma mère. Et elle a été Miss France.

MERLUSSE

Votre nom ?

COLLOMBEL

Collombel.

NATHALIE *(triomphale)*

C'est ça ! Collombel ! Dépêche-toi ! *(Elle se tourne vers son mari.)* Et toi, tu viens quand ?

MERLUSSE

Quand il aura fini son service.

LE CONCIERGE

Allez, tire-toi.

Villepontoux, qui retient ses larmes, regarde sortir Collombel, et va se rasseoir. Un temps. Le censeur entre, il va vers Merlusse et lui serre la main.

LE CENSEUR

Allez dîner, mon cher collègue, je les garderai le temps qu'il vous faudra.

MERLUSSE

Merci, monsieur le Censeur.

Merlusse s'en va. Dès qu'il est sorti, le censeur se tourne vers les enfants.

LE CENSEUR

Mes enfants, il n'est pas défendu de parler.

Il s'éloigne, faisant des aller et retour jusqu'au fond du réfectoire.

GALUBERT

Heureusement que Merlusse est parti. Rien que de voir sa gueule, ça me coupait l'appétit !

GODARD

Il est parti, mais il va revenir.

PIC *(inquiet)*

Mais pourquoi, c'est lui qui va faire le dortoir ?

GALUBERT

Tu n'as pas compris ? C'est parce qu'il l'a demandé au censeur. C'est cette piqûre au cul qui lui a mis la rage au cœur. Alors, il veut se venger.

MACAQUE

Et qu'est-ce que tu crois qu'il va nous faire ?

CATUSSE

Oh, il n'étranglera personne... Seulement d'habitude,

pour la nuit de Noël, le pion nous permettait de parler, de chahuter un peu... L'année dernière, on s'est battus à coups de traversins.

GALUBERT

C'était Girard qui nous surveillait. Il nous avait permis de fumer !

GODARD

On avait même fait un concours de pets !

GALUBERT

Eh ben, mon vieux, que personne ne s'amuse à péter cette nuit, parce qu'il est capable de nous boucler tous demain toute la journée !

CATUSSE

Et il faudra copier cinq fois le verbe péter.

GALUBERT

Avec un adverbe et un complément de lieu.

FALCONI

C'est drôle, cette viande. Qu'est-ce que c'est ?

AGASSIN

Ça vous graisse les gencives.

GODARD

On dirait du veau.

GALUBERT

(en examine un morceau à la pointe de sa fourchette)

Si j'étais vétérinaire, je pourrais vous dire de quoi il est mort.

SAMBA

Mangez les pommes de terre. Elles sont froides, mais elles sont bonnes...

GALUBERT

Elles sont bonnes, mais il y en a plus que trois...

LE CENSEUR

Le garçon est allé en chercher.

CATUSSE

En ce moment, il y en a qui font le souper, les treize desserts. Et le nôtre de dessert, le voilà !

Il montre dans le compotier quelques biscuits.

AGASSIN

Mais moi, tout à l'heure, je vais vous faire la surprise. Ma mère m'a envoyé une boîte de dattes.

Il montre une boîte de dattes qui était cachée dans la poche de sa veste, sous la blouse.

GODARD

Elle est bien plate.

AGASSIN

C'est des dattes de Tunisie ! J'ai fait le compte : il y en aura trois pour chacun...

GALUBERT

Ça fait pas les treize desserts, mais ça en fait déjà deux !

FALCONI *(se frappe le front)*

Que je suis bête !

GODARD

Prouve-le !

FALCONI

Au dortoir, dans ma valise, j'ai un pot de pâté de merles que ma mère m'a envoyé, et j'ai oublié d'aller le chercher !... On le mangera demain à midi.

AGASSIN

Il est gros, ce pot ?

FALCONI

Non, pas bien gros... Mais c'est tellement bon !... Tu comprends, les merles des Agriates, ils ne mangent que du myrte et du genièvre... Alors, tu en mets gros comme ça sur un bout de pain, tu le manges, et tu vois Vizzavona.

Il a les larmes aux yeux.

GALUBERT

Oou ! Pleure pas !... Je ne sais pas si nous verrons Vizzavona, mais n'oublie pas de descendre le pot !

A ce moment le concierge reparaît, avec un grand plat de pommes de terre dorées. Toute la tablée applaudit. Ce plat en gros plan est fondu sur un autre plat de la même taille, qui supporte une énorme dinde rôtie, et les applaudissements continuent. Nous sommes chez les Georgiadès.

CHEZ LES GEORGIADÈS

Derrière la dinde rôtie, le grand-père Georgiadès, au bout de la table, est debout. Il ressemble au Moïse de Michel-Ange, mais il tient dans sa main droite un grand couteau à trancher, dans sa main gauche une lourde fourchette de rôtisseur.

Sur la table, il y a treize compotiers dans lesquels brillent les treize desserts, et un très riche service de verres et d'assiettes.

Tout autour de la table, la famille : la grand-mère, la mère, le père, un oncle et les quatre frères. Derrière le vieillard, un grand arbre de Noël. Aristote est assis à côté de son grand-père, qui a fait un petit discours en grec, pour appeler la bénédiction de Dieu sur la famille, et il finit en disant (toujours en grec) : La seule chose que je regrette, c'est qu'Aristote *(il le montre du doigt)* parle si mal le grec. *Il ajoute en français :* C'est-t-honteux.

ARISTOTE

C'est vrai que je ne sais pas bien le grec : mais en français, on ne dit pas : « C'est-t-honteux. » On dit : « C'est honteux », voilà comme on dit !

Toute la table rit et applaudit, tandis que le grand-père attaque la dinde.

AU RÉFECTOIRE

SAMBA

Moi, ce qui me fait de la peine, c'est de manquer la messe de Noël. Tu comprends, j'ai été élevé à la mission catholique. Alors, les cantiques de la Noël, je les sais tous...

GALUBERT

C'est pour ça que tu fais ta prière tous les soirs au dortoir ?

SAMBA

Bien sûr. Après, je peux dormir tranquille. Tiens, je vais vous dire un secret. Un secret un peu rigolo, mais quand même un grand secret.

GODARD

Un secret rigolo, c'est rare.

SAMBA

Eh bien, après le baccalauréat, je veux aller au séminaire... Je veux être prêtre.

GODARD

Sans blague ?

SAMBA

C'est la vérité.

GODARD *(consterné)*

Et tu dis que c'est rigolo ?

SAMBA

Oui. Parce que... Quand je serai prêtre... *(Il pouffe de rire.)* Je veux être un Père Blanc. *(Il rit de tout son cœur.)* C'est vrai !

GODARD

Tu crois que c'est possible !

SAMBA

Bien sûr ! A la mission, il y en a deux !

GALUBERT

Eh bien, té, pour ce réveillon, on aura rigolé au moins une fois !

SAMBA

Quand je l'ai dit à ma mère, elle a ri autant que toi, et elle m'a dit : « Tu vas avoir l'air d'une mouche tombée dans du lait. » Et moi, je lui ai répondu : « Quand une mouche tombe dans du lait, elle se régale. »

DANS UNE RUE DE MARSEILLE

Merlusse marche d'un pas pressé, tout en mangeant un sandwich. Il porte une vieille valise plate.

AU LYCÉE

Dans un grand dortoir vide, la porte s'ouvre, les élèves entrent. Les plus petits portent leur valise. Les grands sont dans leur dortoir et vont vers leurs lits. Les autres choisissent parmi ceux qui sont faits, car un certain nombre de matelas sont nus. Le censeur surveille le coucher. Il regarde sa montre. Merlusse paraît.

MERLUSSE

Je suis un peu en retard, monsieur le Censeur, excusez-moi... J'ai dû passer chez moi pour prendre mes affaires de toilette et pour dîner, et comme j'habite assez loin...

LE CENSEUR

Ne vous excusez pas : c'est moi qui vous remercie de votre obligeance.

MERLUSSE

A quelle heure le réveil demain matin ?

LE CENSEUR

Ma foi, pour le jour de Noël, il ne peut être question de les réveiller à six heures... Mettons huit heures...

MERLUSSE

Bien...

LE CENSEUR

Mettons neuf heures... Mettons... Quand ils se réveilleront, voilà tout. Bonsoir, et merci. Bonne nuit, mes enfants !

Il va sortir, puis il revient à Merlusse.

LE CENSEUR

Votre cabinet de toilette est là. La première porte à droite.

MERLUSSE

Merci, monsieur le Censeur.

Le censeur sort. Merlusse entre dans la cabine de toile blanche où se trouve son lit, y dépose sa valise, son chapeau, son pardessus, et il ressort. Villepontoux est assis sur le premier lit près de la porte et ne se déshabille pas.

MERLUSSE

Eh bien ? Qu'attendez-vous ?

Villepontoux commence à dénouer les lacets de ses souliers. Merlusse descend tout le long des lits. Sur le troisième, Samba agenouillé fait sa prière, les coudes sur le couvre-pieds. Merlusse va jusqu'au dernier lit, puis remonte. Pendant ce temps, Villepontoux a quitté son veston qu'il a mis bien en évidence sur ses couvertures, se glisse dans son lit sans se déshabiller et tire le drap jusqu'à son menton, pour cacher sa cravate. Merlusse entre dans sa cabine.

Fondu au noir.

AU DORTOIR

Le jour se lève. Les enfants dorment toujours. Au-dehors, sur le grand balcon, passe le concierge qui ouvre les volets et, chaque fois, un rectangle de lumière éclate sur les carreaux rouges. Tout à coup, Merlusse sort de sa cabine. Il est en pyjama. Il porte dans une main un rasoir, dans l'autre, une serviette, un blaireau, du savon. Il traverse le dortoir. Il sort. Alors, Pic s'assoit sur son lit. A mi-voix, il appelle son voisin.

PIC

Évenos !

Évenos ouvre les yeux, lève la tête.

Évenos ! Il est sorti !

ÉVENOS

Je l'ai pas entendu.

Un carillon lointain joue un vieux Noël.

PIC

Tu entends les cloches ?

Ils écoutent un instant.

Il avait des pantoufles... Il est allé au lavabo, avec sa serviette. Qu'est-ce qu'on fait ?

ÉVENOS

Moi, ça m'embête de m'éveiller, parce que ça m'a coupé mon rêve.

PIC

Moi, j'aimerais mieux être dans la cour.

VILLEPONTOUX

Tu crois qu'on a le droit de se lever ?

ÉVENOS

Ça, j'en sais rien. On peut toujours essayer, on verra bien !

Villepontoux sort de son lit. Il serre sa cravate, puis va prendre un de ses souliers et veut se chausser : comme il en relâche le lacet, il paraît surpris et en retire un écrin noir, qu'il ouvre : c'est un stylographe.

VILLEPONTOUX *(à Évenos)*

Regarde un peu ce qu'on a mis dans mon soulier ! Un

beau stylo — avec une plume en or ! Ça, c'est ma mère qui me l'a envoyé !

ÉVENOS

Et qui est-ce qui l'a apporté ?

VILLEPONTOUX

C'est le concierge... Elle a dû arriver très tard, on lui a dit que c'était fermé. Et alors, elle a dit : « Mettez toujours ça dans son soulier : il comprendra que je viendrai demain matin ! »

ÉVENOS

C'est bien compliqué, ce que tu racontes !

VILLEPONTOUX

Mais si c'est pas elle, qui est-ce ?

PIC

Et qui est-ce qui m'a mis cette boîte de peinture ? *(A Évenos.)* Et toi aussi tu as quelque chose !

Il sort des souliers d'Évenos deux petits sacs blancs qui portent en lettres d'or l'inscription « Marrons glacés ». En face d'eux, Galubert secoue Catusse qui s'éveille.

GALUBERT

Réveille-toi, que je te fasse la bise !

Il se penche et le baise au front.

CATUSSE *(ahuri)*

Qu'est-ce qui te prend ?

GALUBERT

C'est pour te dire merci.

CATUSSE

De quoi ?

GALUBERT

De ce que tu m'as mis dans le soulier.

Il montre deux paquets de cigarettes, des Gauloises et des américaines.

CATUSSE

Cache ça, malheureux !

GALUBERT

Il est au lavabo.

CATUSSE

Mais ce n'est pas moi qui t'ai donné ça !

Samba, qui tient deux petits sacs de carton blancs noués de rubans, vient vers eux.

SAMBA

Moi, c'est des chocolats ! Et tout le monde a quelque chose !

CATUSSE

Oh merde ! Moi aussi !

Les autres viennent vers eux. Villepontoux montre son stylo.

VILLEPONTOUX

Un stylo avec une plume en or !

Falconi s'avance en mordant une prune confite avec des gémissements de bonheur.

MACAQUE

Moi, ça ne se mange pas. C'est des timbres rares. Celui-là, c'est un japonais. Il vaut au moins dix francs !

GODARD

Qui veut un caramel mou ?

FALCONI

Mais qui est-ce qui nous a donné tout ça ?

GALUBERT

Eh bien ça, vous voyez, c'est une idée du proviseur. Oui. Moi je le connais, le proviseur... Il est riche, il n'y a qu'à voir ses costumes. Et alors, ça lui a fait de la peine de penser que nous sommes des naufragés de la Noël, et il nous a fait garnir les souliers par le concierge...

MACAQUE

Non, non, ce n'est pas le proviseur. *(Il montre la cabine.)* C'est lui.

PIC

Penses-tu !

Il essaie d'enfiler un de ses souliers.

GALUBERT

Lui, c'est tout le contraire ! Un salaud qui m'a volé un briquet de quarante francs... Sans compter le sentiment...

CATUSSE

Et mon harmonica !

Galubert, qui a senti quelque chose dans son soulier, le secoue au-dessus du lit. Il en tombe le briquet, qu'il regarde avec stupeur. Catusse plonge sa main dans son second soulier. Il en tire l'harmonica.

MACAQUE

Vous voyez bien que c'est lui... Je l'ai vu, moi, cette nuit... Il est sorti de sa cabine, et puis il a marché doucement, et il s'arrêtait à chaque lit, et il se baissait... Et moi, je croyais qu'il regardait sous les lits, et je demandais : « Qu'est-ce qu'il cherche ? Et qu'est-ce que ça veut dire de faire la police même la nuit ? » Et je pensais : « Quel salaud ! »

SAMBA *(doucement)*

Et c'était le Père Noël, le gentil facteur du petit Jésus.

Il se signe.

GALUBERT *(consterné)*

Alors ça, c'est terrible...

ÉVENOS

Pourquoi ?

GALUBERT

Parce qu'il est pauvre... Tu as pas vu son col de fourrure ? C'est la peau d'un chat mort de la pelade à trente ans ! Il nous a donné tout ce qu'il pouvait, et nous, le seul cadeau qu'on lui ait fait, c'est un pique-cul !

PIC

Et c'est toi qui l'as fabriqué !

GALUBERT

Oui, ça me fait mal au cœur.

Tous se taisent, mal à l'aise, et vaguement coupables. Pic a la larme à l'œil. Et tout à coup, Villepontoux, dont le visage s'éclaire, propose.

VILLEPONTOUX

Et si on lui donnait quelque chose maintenant ? Si on lui mettait des petits cadeaux dans ses souliers ?

GALUBERT *(enthousiaste)*

Bravo ! C'est ça qu'il faut faire ! Evenos, va tenir marre à la porte, qu'il n'arrive pas pendant ce temps ! Allez ! Il faut que chacun donne quelque chose ! Mais vite parce qu'il va revenir !

Galubert court vers la cabine de Merlusse. Il ouvre les rideaux. Il se baisse. Il retire la paire de souliers.

CATUSSE

Oh, dis donc, qu'est-ce qu'il a comme croquenots !

Galubert pose les gros souliers près du lit, et la collecte commence. Macaque apporte le premier une feuille de papier sur laquelle sont collés des timbres.

MACAQUE

Tiens ! C'est la deuxième plus belle feuille de mon

album : six timbres de la guerre russo-japonaise ! C'est le roi mon grand-père qui me les a donnés ! Il faudra les mettre en dernier pour ne pas les abîmer !

CATUSSE *(tend un gros stylomine argenté)*

Et il écrit en trois couleurs !

Il le laisse tomber dans le vaste soulier. Pic arrive avec une boîte de compas.

PIC

Il m'a donné une boîte de peinture, je lui donne mes compas. Il en manque un, et le compas diviseur est un peu tordu, mais il peut servir.

GALUBERT

Aboule !

Il le met dans le soulier. Samba détache de son cou une médaille qu'il baise et qu'il plie dans un morceau de papier.

SAMBA

C'est une médaille bénite par le Père de Foucauld. Ça lui portera bonheur.

ÉVENOS

Si je lui donne mon canif, ça ne va pas couper l'amitié ? Il faut toujours payer un sou.

GALUBERT *(prend le canif)*

Il t'a donné des marrons glacés. Ça vaut plus d'un sou.

PIC

Moi, j'ai un petit sac de caramels, mais ils sont un peu collés.

GALUBERT

Ça ne fait rien. Aboule.

Villepontoux s'approche et il tend un timbre.

GALUBERT

Qu'est-ce que c'est ?

VILLEPONTOUX

C'est un timbre plus que rare.

CATUSSE

De quel pays ?

VILLEPONTOUX

Personne le sait.

GALUBERT

Alors pourquoi tu dis qu'il est plus que rare ?

VILLEPONTOUX

Parce que rare ça veut dire qu'on n'en voit pas souvent. Alors celui-là, puisqu'il est inconnu, il est encore plus rare qu'un timbre rare.

Godard a pris dans sa valise un petit réveille-matin doré.

GODARD

Tout ce que j'ai, c'est ce petit réveille-matin, un cadeau de ma grand-mère. Elle croyait qu'ici chacun couchait dans sa chambre.

Tout en parlant, il l'a remonté, et Galubert le met dans le soulier. Puis Falconi s'avance, un pot de grès à la main.

FALCONI

Ça, c'est le pâté de merles. Je vous l'avais promis pour midi.

GALUBERT

D'accord, d'accord. *(Il le met dans le soulier.)* Nous ne verrons pas Vizzavona, mais lui le verra.

Villepontoux a vidé sur son lit son portefeuille, qui contenait des lettres. Il les glisse dans la poche de son veston et court avec le portefeuille qu'il tend à Galubert.

VILLEPONTOUX

Il est peut-être un peu fatigué, mais c'est du maroquin ! Ma mère m'en donnera un autre !

AGASSIN *(un peu timide)*

J'ai encore une boîte de dattes.

CATUSSE

Ça tu ne l'avais pas dit, galavard !

AGASSIN

Je voulais la descendre au réfectoire à midi...

GALUBERT

Ou peut-être la manger tout seul ?

AGASSIN

Peut-être...

CATUSSE *(à Galubert)*

Dis donc, toi tu tiens la cagnotte, mais tu ne mets rien dedans !

GALUBERT *(solennel)*

Attends et tu vas être étonné ! *(Il va ouvrir sa valise, et en tire une belle cravate.)* Voilà ce que j'y mets. Ma cravate ! Celle qui intéresse tant une certaine personne. Tu comprends à qui je fais une allusion transparente. *(Il roule la cravate et la met dans le soulier.)* Tant pis pour moi. Tant mieux pour lui. Dépêchons-nous.

Il va en hâte placer les souliers de Merlusse devant la cabine.

CATUSSE

Et maintenant, on va aux lavabos en vitesse, et on fait semblant de rien.

Ils sortent par la porte du fond et s'alignent devant les robinets. Agassin s'est attardé pour prendre dans sa valise une serviette et du savon. M. le censeur entre et descend vers lui. Au passage, il voit les cadeaux de Merlusse sur les lits.

LE CENSEUR

Qu'est-ce que c'est que ça ?

AGASSIN

M'sieur, c'est des cadeaux...

LE CENSEUR

Qui donc les a apportés ?

AGASSIN

Je ne sais pas. Ils étaient dans les souliers.

LE CENSEUR

Serait-ce le Père Noël ? C'est étrange, car il n'y a pas de cheminée. Allez aux lavabos.

Agassin sort. Le censeur fait quelques pas, puis sort du dortoir. Agassin court aux lavabos.

AUX LAVABOS

AGASSIN

Le censeur est venu... Il a vu les jouets et il m'a demandé d'où ça venait.

GALUBERT

Et qu'est-ce que tu as dit ?

AGASSIN

Dans les souliers.

GALUBERT

Et qu'est-ce qu'il a dit ?

AGASSIN

Qu'il n'y a pas de cheminée pour le Père Noël...

FALCONI

Ça, c'est peut-être pas bon pour Merlusse.

GALUBERT

Pas Merlusse. Blanchard. Le premier qui l'appelle Merlusse, je lui tire un coup de pied dans les fesses qui le fait devenir bossu !

AU DORTOIR

Merlusse paraît. Il ne regarde pas les enfants, mais il a vu ses souliers. Il entre dans sa cabine, puis le rideau blanc se soulève et l'on voit la main poilue qui saisit les souliers : ils disparaissent derrière les rideaux. Plan de Merlusse qui vide les souliers sur son lit et fait l'inventaire de ses richesses. Le carillon d'une église voisine joue le vieux noël du Divin Enfant. *Cependant, au fond du dortoir, les garçons réunis se montrent leurs cadeaux. Catusse essaie un arpège sur l'harmonica.*

GALUBERT

Non, non, ne commençons pas à chahuter...

CATUSSE

Puisqu'il me l'a rendu, c'est pour en jouer !

Il attaque discrètement un noël. Villepontoux chante à voix basse avec lui. Samba le suit, puis Godard, puis Falconi. Merlusse a étalé sur son lit les cadeaux des enfants et il les examine l'un après l'autre en souriant. Nous revenons au chœur qui attaque le second couplet. Au second cri de Noël, on entend la voix puissante de Merlusse invisible qui chante avec eux.

L'ESCALIER

M. le censeur monte l'escalier qui conduit au dortoir. Il entend le chœur et n'en croit pas ses oreilles. Nous le suivons. Il entre. Il voit, au fond du dortoir, Merlusse en pyjama qui bat la mesure et chante avec le chœur. M. le censeur ne dit rien, mais il n'est pas content : il tourne les talons et descend l'escalier. Le chœur chante toujours, et voici le concierge qui monte vers le censeur. Il a dû fêter fort joyeusement le réveillon, car sa démarche n'est pas très assurée. Il tend au censeur une carte de visite. Le censeur la regarde un instant puis la lui rend.

LE CENSEUR

Bien, Prévenez M. Blanchard, quand il aura fini de chanter !

Le censeur descend. Le concierge monte vers le dortoir. Il entre, regarde le chœur, et chante avec eux. Après la dernière note, il crie d'une voix triomphale.

LE CONCIERGE

Villepontoux, au parlouar !

Merlusse se tourne vers lui. Villepontoux, en chaussettes, s'élance, prend au passage ses souliers, son veston et disparaît. Merlusse, sévère, marche vers le concierge.

MERLUSSE

Si c'est une plaisanterie, elle est cruelle et stupide... Vous êtes saoul ?

LE CONCIERGE

J'ai fait le réveillon, pas plus... Et c'est pas une plaisanterie. C'est une dame blonde, superbe ; elle m'a donné cette carte. *(Il la tend à Merlusse.)* Et je l'ai déjà montrée à M. le censeur qui m'a dit : « Prévenez M. Merlusse. » Il me l'a dit dans l'escalier. « Prévenez M. Merlusse. » *(Il étouffe à grand-peine une éructation.)*

MERLUSSE

Dites-lui que M. Merlusse est prévenu, et allez vomir ailleurs.

Au milieu du long couloir sombre, Villepontoux court toujours.

Au loin, à gauche, à travers la petite porte de sortie, un vif rayon de soleil illumine un rectangle de dalles. Une jeune femme surgit, comme une apparition dorée. Le petit garçon s'arrête à deux pas, la regarde, lâche sa veste et ses souliers, et prend à deux bras la taille de sa mère.

Il faudrait tourner cette scène à vingt images, ou même dix-huit dans un style très lumineux, presque irréel, et suggérer très discrètement une apparition de la Vierge : c'est sa mère, telle que le petit garçon la voit.

Essayer de faire le point sur le dos de l'enfant qui court, et le suivre.

LE CABINET DU PROVISEUR

Le proviseur est plus lugubre que jamais.

LE CENSEUR

C'est à n'y rien comprendre. Le sieur Blanchard, au dortoir, en pyjama, chante des noëls avec ses élèves. Oui. Et de plus, il a mis des cadeaux dans leurs souliers !

LE PROVISEUR

Voilà qui est bien surprenant.

LE CENSEUR

Il leur a distribué des cigarettes !

LE PROVISEUR

A tous ?

LE CENSEUR

Heureusement non. Aux plus grands.

LE PROVISEUR *(sévère)*

Et vous les avez vus fumer ?

LE CENSEUR

Non. Deux paquets de cigarettes étaient étalés sur deux lits, avec un briquet et un harmonica.

LE PROVISEUR

Voilà qui est bien surprenant.

LE CENSEUR

Il semble donc qu'il ait voulu, en quelque sorte, donner une leçon aux parents de ces élèves qui ne manqueront pas de leur écrire. Et, d'autre part, je crains que ces enfants ne soient complètement gâtés.

Le proviseur hoche la tête en fermant les yeux.

LE CENSEUR

Je plains le malheureux M. Ponthier, le surveillant d'internat qui va le remplacer ce matin, et qui doit les garder toute la semaine. Ils vont le dévorer...

LE PROVISEUR *(pensif)*

Ce Blanchard est inexplicable.

LE CENSEUR

Sa conduite ne peut s'expliquer que par un déséquilibre inquiétant...

LE PROVISEUR

Ce n'est pas M. Delacre qui se permettrait de tels écarts.

LE CENSEUR *(enthousiaste)*

Certainement pas ! et c'est pourquoi hier, lorsque vous hésitiez entre ces deux maîtres, je me suis permis d'insister — discrètement — en sa faveur. Puis-je vous demander si vous avez pris une décision à ce sujet ?

LE PROVISEUR

Mon choix est fait. *(Il sonne.)* Et je désire en donner les raisons à M. Blanchard. *(Le concierge paraît.)* Allez prier M. Blanchard de passer me voir, dès que M. Ponthier sera arrivé.

LE CONCIERGE

Il est arrivé, monsieur le Proviseur. Il vient de monter au dortoir.

LE PROVISEUR

Bien. Allez.

Le concierge sort.

LE GRAND ESCALIER

Les élèves, en colonne, descendent du dortoir. Derrière eux, Merlusse et M. Ponthier. Le concierge monte à leur rencontre et s'adresse à Merlusse.

LE CONCIERGE

M. le proviseur vous prie de passer à son cabinet avant de partir.

MERLUSSE *(se rembrunit)*

Bien. J'y vais de ce pas. *(Le concierge s'en va. Merlusse se tourne vers Ponthier.)* Le censeur est un bon policier. J'ai peut-être fait une bêtise, mais je ne le regrette pas. Et je ne me priverai pas de le dire clairement.

LE CABINET DU PROVISEUR

LE CENSEUR

Pourtant je ne voudrais pas que mon intention attire sur lui vos foudres. Évidemment, sa conduite a été plutôt inconsidérée. Mais il ne s'agit pas d'une faute professionnelle grave...

LE PROVISEUR

Comment ? Vous m'avez dit que les élèves allaient dévorer M. Ponthier et « l'on ne trouvera qu'un horrible mélange d'os et de chair meurtris et traînés dans la fange... »

LE CENSEUR

J'ai simplement voulu dire que sa familiarité soudaine avec les enfants allait rendre plus difficile la tâche de M. Ponthier qui est bien jeune et, qui, peut-être...

On frappe à la porte.

LE PROVISEUR

Entrez !

Merlusse entre. Respectueux mais inquiet.

Bonjour, monsieur Blanchard. Asseyez-vous car j'ai à vous parler. Je n'en ai pas encore eu l'occasion mais, aujourd'hui, j'ai quelque chose à vous dire.

MERLUSSE

Je vous écoute, monsieur le Proviseur.

LE PROVISEUR

Je dois d'abord vous remercier d'avoir bénévolement assuré cette nuit le service du dortoir.

MERLUSSE

Les circonstances l'exigeaient, et ce que j'ai fait est bien naturel.

LE PROVISEUR

Non, ce n'était pas naturel... Mais ce qui est encore moins naturel ce sont vos exploits de cette nuit.

Merlusse regarde le censeur, qui est plutôt gêné.

Vous êtes sorti des limites de vos fonctions, pour usurper le rôle du Père Noël...

MERLUSSE

Ce fut peut-être une faiblesse.

LE PROVISEUR

Vous leur avez donné des jouets à tous ? *(Merlusse dit oui d'un signe de tête.)* Vous êtes donc millionnaire ?

MERLUSSE

Hélas, non.

LE PROVISEUR

C'est donc sur vos appointements que vous avez prélevé la somme nécessaire à ces achats ?

MERLUSSE

Je ne leur ai pas donné grand-chose : quelques bagatelles symbolisant les cadeaux qu'ils n'avaient pas reçus...

LE PROVISEUR

Entre autres, des cigarettes... Un Père Noël qui distribue des cigarettes au dortoir est, dans un lycée, un personnage scandaleux.

MERLUSSE

Oui, évidemment, je le reconnais... Mais à cause des circonstances n'est-ce pas... Il m'a semblé que pendant les vacances, surtout celles de la Noël, le lycée n'est plus un lycée : c'est un immeuble. Moi-même je n'étais pas en train de remplir les fonctions qui sont les miennes. Ces garçons n'avaient ni devoirs ni leçons... Alors moi, qui n'étais pas un surveillant, dans cet immeuble qui n'était pas un lycée, devant ces enfants qui n'étaient plus des élèves, j'ai cru que je pouvais prendre la liberté de remplacer — fort modestement — ceux qui n'avaient pas pensé à eux...

LE CENSEUR

Raisonnement subtil, mais qui ne saurait s'opposer au règlement.

MERLUSSE

Je le respecte, notre règlement, et je l'applique avec toute la sévérité désirable : mais il y a aussi des lois ; et par exemple la loi de la Noël, qui aura bientôt deux mille ans, et elle exige précisément que l'on fasse ce que j'ai fait.

LE PROVISEUR

Ceci ne s'accorde guère avec votre façon habituelle de

traiter vos élèves. *(Au censeur.)* Vous m'avez dit qu'ils le croient méchant et qu'ils en ont peur.

MERLUSSE

Ils ont peur de moi, c'est vrai. Ils ont peur, parce que je leur fais peur. Oui. Lorsque j'étais élève moi-même, dans un collège de province, j'ai eu en troisième un professeur de lettres qui était un érudit, d'une grande intelligence et d'une grande bonté. Il nous traitait comme des gens raisonnables. Au bout de huit jours, sa classe était aussi bruyante qu'une foire, et les élèves répondaient à ses questions par des plaisanteries stupides. Puis les boules puantes ont fait leur apparition. Un jour que nous avions bouché le tuyau du poêle, il continuait d'une voix blanche son exposé sur la *Phèdre* de Racine comparée à celle de Pradon, à travers un nuage de fumée, et d'une suffocante odeur d'œufs pourris. J'étais au premier rang, j'ai vu briller des larmes dans ses yeux... Et tout à coup ils ont commencé à le bombarder de boules de papier... Il s'est levé, il a pris la fuite, sous les huées. Nous ne l'avons jamais revu... C'est ce jour-là que j'ai compris. Il ne faut pas les laisser commencer. Il faut se faire une réputation de sévérité impitoyable et soutenir son personnage, car ils profitent de la moindre faiblesse...

LE CENSEUR

Et tout justement ne croyez-vous pas que cette nuit...

MERLUSSE

Je ne sais pas. Nous verrons bien à la rentrée. Pour le moment ma faiblesse m'a valu une récompense... Vous ne savez peut-être pas que lorsqu'ils ont vu leurs petits cadeaux, ils ont profité de mon absence — je faisais ma toilette — pour garnir mes chaussures de quelques présents.

Il sort de sa poche le petit réveil, qu'il pose sur le bureau et qui sonne joyeusement, puis le pâté de merles, la médaille, etc.

Et cette cravate !

Il montre sa cravate qui est celle de Galubert.

Et puis un petit mot, une sorte d'envoi.

Il déplie la page de carnet de Galubert et lit.

Avec la reconnaissance des naufragés de la Noël.

Ma récompense la voilà.

LE CENSEUR

Et je crois que M. le proviseur va vous en offrir une autre : l'année prochaine, vous serez nommé professeur adjoint, et promu à la deuxième classe !

MERLUSSE

Est-ce une promesse, monsieur le Proviseur ?

LE PROVISEUR *(d'un air navré)*

A la deuxième classe ce n'est plus possible maintenant. Non, il ne sera pas promu à la deuxième classe l'année prochaine.

LE CENSEUR

Pourquoi ?

LE PROVISEUR

Parce qu'il y est déjà depuis une heure... il est même

nommé professeur adjoint ! Tenez. *(Il lui tend deux formules.)* Voilà ma proposition qui ne sera pas refusée.

Merlusse très ému ne peut parler. Cependant, le proviseur sort d'un petit meuble des verres et une carafe de porto. Enfin, Merlusse parle.

MERLUSSE

Monsieur le Proviseur... C'est véritablement... Je croyais au contraire... Enfin, je ne sais comment vous remercier.

LE PROVISEUR *(emplit les verres)*

Mais moi, je le sais : vous allez nous chanter un noël.

MERLUSSE *(rit, confus)*

Mais je ne sais pas chanter, quoique j'aie enseigné le chant — une heure par semaine — lorsque j'étais instituteur dans une école libre, avant de passer ma licence... Et c'est peut-être en souvenir de ma jeunesse que lorsque, ce matin, j'ai entendu chanter les enfants, j'ai automatiquement battu la mesure, et j'ai chanté avec eux.

LE PROVISEUR

Et quel noël avez-vous chanté ? Naturellement, *Minuit chrétien* ?

MERLUSSE

Non.

LE CENSEUR

Ce que j'ai entendu, c'était : *(il chante)* Il est né le divin enfant...

LE PROVISEUR *(chante)*

Chantez, hautbois, résonnez, musette...

MERLUSSE

Il est né le divin enfant, Chantons tous son avènement !

Ils chantent tous les trois.

Fin en fondu sur des chœurs de vieux noëls.

FIN

Aubin Imprimeur
LIGUGÉ, POITIERS

COMPOSITION – IMPRESSION

Achevé d'imprimer en janvier 1992
pour le compte de France Loisirs
123, bd de Grenelle, 75015 Paris
N° d'édition 25718 / N° d'impression L 39365
Dépôt légal, janvier 1992
Imprimé en France